푸른사상
시선
98

베트남, 내가 두고 온 나라

김 태 수 시집

푸른사상 시선 98

베트남, 내가 두고 온 나라

인쇄 · 2019년 2월 15일 | 발행 · 2019년 2월 25일

지은이 · 김태수
펴낸이 · 한봉숙
펴낸곳 · 푸른사상사

주간 · 맹문재 | 편집 · 지순이, 김수란 | 마케팅 · 김두천
등록 · 1999년 7월 8일 제2-2876호
주소 · 경기도 파주시 회동길 337-16(서패동 470-6) 푸른사상사
대표전화 · 031) 955-9111(2) | 팩시밀리 · 031) 955-9114
이메일 · prun21c@hanmail.net / prunsasang@naver.com
홈페이지 · http://www.prun21c.com

ⓒ 김태수, 2019

ISBN 979-11-308-1410-0   03810
값 9,000원

푸른사상 시선 98

베트남, 내가 두고 온 나라

베트남전, 내 양심에 그어진 상처의 회복

내 스무 살의 시작은 '자유의 십자군'이라는 허울 좋은 이름으로 출정한 베트남전쟁의 참혹하고 황폐한 기억들로 출발되었다.

베트남전쟁으로 하여금 모국이 획기적인 경제 발전을 이루었다고 한들 무슨 소용이며 미국의 대리전쟁에서 많은 전우들이 목숨을 잃어야 했는지? 황색의 피부를 가진 동양의 젊은이들이 같은 피부를 가진 민족의 통일을 저지하기 위하여 그들의 가슴에 뿌린 수많은 총알들과 살상용 무기들, 결국 이 전쟁은 내 양심에 커다란 상처 자국으로 남을 수밖에.

가난한 나라의 용병 연 32만 명의 한국군이 8년 동안 버티었던 캄란(깜라인), 나트랑(나짱), 닌호아, 투이호아(뚜이호아), 퀴논(꾸이년)과 다낭에 산재한 전승탑(戰勝塔)들과 대민사업으로 건립 기증했던 사원(寺院)들은? 정글, 황토색 밭, 넓은 바나나 잎에 뿌려야 했던 젊디젊은 청년들의 피와 남은 가족들의 통한! 전쟁이어서 어쩔 수 없이 죽고 죽여야 했던 남베트남민족해방전선 전사들과, 뜬금없이 학살된 베트남 인민들! 통일 베트남 역사책은 이런 사실들을 어떻게 기록하고 있을까?

내가 베트남전쟁에 관한 시를 쓰게 된 것은 우리와 너무 닮은 그들 역사를 읽으면서 같은 약소민족의 정서를 노래하고 싶었고 중국과 서구 열강들의 침략으로 얼룩진 내 나라 대한민국과의 동질성을 희미하게나마 표현하고 싶었다.

　이번 시집 출간으로 인하여 함께 참전했던 전우들과 전사자 유족들, 관심을 가지고 있을 이들과, 특히 전쟁에 오래 시달린 베트남 인민들과 남베트남민족해방전선 전사들, 이 모든 관계 사이에서 그어진 내 양심의 상처가 다소 아물게 되길 바란다.

1987년에 발간된 시집에 싣지 못했던 서문을
2019년 1월, 베트남 종전 44년에 꺼내어 실으며
김 태 수

지금 그 숲은

지금 그 숲은 안녕할까

미국이 베트남 산림에 쏟아부은 3만 5천 드럼의
Agent Orange*, 살아 돌아온 우리들의 살갗에
오래오래 산거머리로 진득하게 달라붙어
떠나가질 않는다

활엽수는 흉스러운 가시들뿐
왜 낙엽이 질까 그늘 하나 없던 수상한 계절을
알았어야 했다 돌아온 막사 간이욕실에서
물 몇 됫박 군용 철모로 뒤집어썼지만
등 허물 그 밑은 물집이 생겼고
더워 너무 긴 밤 군용 모포 속의 선잠
미치고 환장하던 그 가려움이
산거머리 잠시 붙었다 떨어진 자국 때문이리라

살아 돌아온 지 십 년이나 진득이 붙어
황색 피부를 흐물흐물 썩게 했다 많은 밤

아내 곁에 누워도 꼼짝 않던 하반신
뻣뻣하게 굳힐 줄 어찌 알았으랴

지금 그 숲은 안녕할까
정의의 십자군, 대리전쟁에 끼여
또 다른 황색의 가슴팍에 총을 겨눌 때
발밑에서 낙엽 소리로 부서지던 열대 활엽수
거대한 미국의 음모가 쏟아 넣은 Agent Orange
아름다운 이름들이 소낙비 되어 쏟아졌던

그 수풀의 나무들은 지금쯤 싹을 틔울까

* Agent Orange : 미군이 산에다 수만 드럼의 휘발유나 벙커시유를 뿌
   려 나무가 마른 뒤에 불을 질러 적을 죽이는 가장 악랄한 전술에 쓰
   인 고엽제.

| 차례 |

제1부

제2부

제3부

제4부

제1부

도깨비부대

가슴에 검은 도깨비가 웃고 있다
안동 하회탈 중 선비탈 같기도 하고
각시탈, 양반탈, 부네탈 같기도 한
검은 도깨비가 웃고 있다

백마고지에서 끗발 날리던
한국산 도깨비들이 눈을 부릅뜨고
투이호아를 지키고 있다
붕로만, 쑤이까이 망망, 236기지*
생소한 외국어를 노려보고 있다

때론 투이호아 여인들의 자궁을 빌려
또 다른 새끼 도깨비들도 만들면서

* 투이호아(뚜이호아), 쑤이까이 망망, 236기지 : 백마 28연대 도깨비
  부대의 작전 지역.

베트남, 일천구백팔십사년

어린 내 아들은 무인도에 도착된 지 사흘 만에 죽었다. 나의
동료들은 죽은 내 아들의 살을 뜯어 먹어가며 죽어갔다. 이
젠 내게도 죽음이 다가오고 있다. 하느님, 하늘 아래서 이렇
게 죽어가도 되는 건가요.
　　　　　　　　　　　　　　— 어느 보트피플 여성의 유서

일천구백칠십오년
우리들 스무 살 젊음이 피 흘렸던 베트남은
해방되었다 돈 있는 무리들은
비행기로 도망치고 일부 관리들은
군용선으로 흩어졌다
굶어 죽은 동료의 살을 뜯으며
또 다른 무리들은 탈출했고
몇 푼의 금 부스러기에 목숨 내건
보트피플 그들의 무덤은 바다였다

베트남이여 불러 정겨워
내 스물의 한때를 밀어 넣었던
한 맺힌 눈물 몇 방울 떨구었던 나라여
끝까지 흥청댔을 먼 이국의 호치민 시

정치 맛에 사족 못 쓰던 승려들은
어찌 됐을까 달러 맛에 취했던
관리들은 어찌 됐을까
어찌 됐을까 다시 십 년 후
빠른 세월 속으로 흩어진 희미한 기억을
쫓으며 장송곡 같은 그대를 시로 쓴다

언 무좀은 발가락을 시리게 하고
우기, 지긋지긋한 장맛비 내려
도랑까지 바닷물이 기어드는
코리아, 남쪽 바닷가 시골학교 사택
습진 방에 배 깔고

일천구백칠십사년 칠월에
베트남, 내가 두고 온 나라
눈물겨운 한때의 젊음을 힘겹게 퍼 올리며

* 베트남의 계절은 우기와 건기로 나뉘는데 중부 베트남을 중심으로
  건기는 2월~7월, 우기는 8월~1월 사이임.

바렛호 선상에서

전우여 우리들이 지나가고 있는 곳은
동지나 바다라고 했지
사실일까 내 생각으로는
안타깝게도 스무 살을 마감하는
황천 입구 그 어디가 아닐까

곳과 때는 잊었지만 사이비 교회당
말세의 증인이라던 그 전도사
앞으로의 심판은 아마겟돈 전쟁
콩알 크기의 총알이 결정하게 될 거라고
총을 잡으면 모두가 사탄의 새끼라고 일갈하던
빠른 그 말이 생각난다 그 지옥으로
가슴 드러낸 채 가는 건 아닐까
아래를 봐
파도 한 올 없는 수면 위로
날치란 놈들이 잠시 날다 떨어지고
날아가는 동안 은빛의 등허리
싱싱한 우리들도 은빛의 등허리

잠시 빛나다 허물어지는 게 아닐까

시월의 하루를 바람 불던 부산항
표정 없이 손 흔들던 여고생들
소리 내어 울부짖던 어머니, 어머니
먼 데서 눈물 훔치던 연인들
악을 쓰며 부르던 아느냐 그 이름 백마고지 용사들
소리 소리들은 아직도
시월 바람으로 휘돌고 있을까
거대한 병력 수송함 바렛호
18노트 꽁무니의 물거품으로 흩어지고 말았을까

전우여 도대체
우리들은 어디로 가는 것일까

* 한국군을 수송한 미군의 배는 두 척이며 이름은 '바렛호'와 '업셔호'.

오징어와 멀미

배는 먼 바다로 들어서고
제주 섬 부근에서 받은 출국 수당
십여 달러의 군표(軍票)로
오징어를 샀다 오징어는 멀미에 특효약이라고
동의보감에
그렇게 쓰여 있다고 떠벌리며

재파월(在派越)을 자원한
서울내기 하 병장이 얄팍한 돈벌이로
가져온
군용 배낭 그득한 오징어
선실 밑바닥을 뜯으면 무진장한
캔 맥주를 꺼내어 찢은 오징어를 씹으며
안간힘으로 멀미를 쫓았지만
끝내 먹은 오징어까지 토해내며
미치기 시작했다

질기고 긴
항해의 끝은 어둠일까 아니
매일을 쫓아오던 밤일까

가물가물 눈 뜬 잠으로 내몰리며
인천의 송 병장은 옐로하우스 이야기
정심이라는 이름의
가슴 큰 어린 갈보 얘기를 했다

오징어 팔아준 턱이라며 하 병장은
퀴논시* 어디 뒷골목
맥주와 몸을 통째로 판다는
얼굴이 희디 흰 꽁까이* 이야기에 열을 올렸다
허허 잘못하면 그런 곳에선
뭐시기까지도 싹둑 잘릴 수 있다는
심한 농담에도 불쑥 솟는 무엇

그래, 건배를 들자 캔 맥주를 치켜들었지만
멀미와
술기운이 범벅되어
오징어 다리도 함께 치켜들었지만

* 퀴논시(꾸이년시) : 베트남 중부의 도시 이름.
* 꽁까이 : 베트남어로 처녀.

오음리*, 그 아침 안개

남지나해로 떠나는 불안한 젊음 속으로
강원도 화천군 간동면 파로호가 피워 올린
짙은 안개가 스며들었다
생애도 안개일까 매일 새벽을
알몸으로 구보하면 진한 냄새로 목을 틔우던
안개들

야간 사격장의 야광탄 탄흔을 지우며
순서 없이 찾아들던 안개를 보면서
희미했던 지난날과
더 흐릿해 처소 없는 앞길이 떠올랐다

각개전투 낮은 포복으로
철조망을 지나면 만날 수 있던 헤픈 여인네들
입맞춤도 몸부림도 모두 안개였다

젊은이들의 파월 생활이
신의 이름으로 무사하게 하소서

군목의 끝소리에 건성으로 아멘 하던
오오, 그 소리들 모두 오음리의 안개였다
그 안개 밭을 떠나 남지나해를 거슬러
우리들이 향하는

십자군, 허울 좋은 이름의 출병과
불안한 스무 살 젊음이며

"제 마음의 참모습을 알지 못하고
어둡고 어지럽던 날을 멀리 지나서
이젤랑은 숨어 가고 있어라"*

* 오음리(梧陰里) : 강원도 화천군에 파로호 기슭에 있는 마을 이름. 파
  월 교육대가 있었음.
* 신라 원성왕 때의 화랑이며 승려인 영재(永才)가 지은 「우적가(遇
  賊歌)」의 내용.

캄란만*, 그 무더운 바람과의 만남

늦가을, 가슴 막히는 바람이 불어
멀미로 곤죽이 된 우리들은
몇 날 밤 대서양을 횡단한 청교도들도 이랬을까
비틀대며, 여긴 어딘가고?
흑인 수부(水夫)를 붙잡고 물었다

죽음도 이보다 더 질기진 않으리라
일곱 밤 여덟 낮을 휘몰아친 뱃멀미
통킹만이라는 낯익은 이름에 와아 하고
고함을 질렀지만 아직
육지는 보이지 않았고 분명 이 바람은
육지 쪽에서 불고 있을 것이라는 이상한 예감에
생기를 차렸다

정말 이상했다
바다에서 떠오르는 희미한 땅덩이들
저게 베트남인가? 눈을 자꾸 비비자
다가오는 땅 끝에서
울리는 포성, 포성들, 아하, 전쟁이로구나
선원들의 손이 바삐 돌아가고

쿵쾅거리며 계단을 오르내리고 우리들은
명령 없어도 하선 준비를 서둘렀다
갑판 위로 늘어선 전우들의 가슴에 언뜻언뜻
무공훈장들이 달렸다 떨어졌다
평화로워 보이는
푸른 땅덩어리에서 더욱 가깝게 부서지는
포성들

애들아, 일 년 후 시월 이곳에서
다시 만날 수 있을까
서로의 등을 두드리며 캄란항에 내려
흙빛으로 위장한 미군 숙소 곁
28연대 도깨비로
29연대 박쥐로
30연대 동보 부대로, 포사령부로
나뉘어 줄을 서고
선 줄 위로
우리 또래의 더운 바람은 자꾸 지나가고

* 캄란만 : 베트남 중남부 남중국해 연안에 있는 만(灣). 캄란항이 있
  으며 백마부대 30연대의 작전지역임.

월남 신병 교육대

그렇다 시작은 모두 새롭고
삼십오 개월 군대 생활 중 스물한 달째
육성 장군이라는 병장에게 새까만 졸병 조교들은
저희들이 먼저 왔다고 으시댔다

월남 신병교육대, 다시 신병이 되어
설움의 뜻도 없이
며칠 밤을 소리 죽여 울었던 칠십년의
대구 50사단 신병교육대
걸어서 네 시간이던 벽지학교
청송군 부동면 내룡국민학교
입영통지서를 받고, 삼월 십칠일 아직 차가운
어둠 속을
자꾸 돌아보며 새벽같이 떠나온 곳

머리칼을 깎이는지 뜯기는지
정황 없던 교육대 이발소에서 시큰대던 콧등이
오래 아팠고

비 오는 날 PRI*교육장에서

엎드려 쏴, 엎드려 쏴 눈을 가리며

조잘조잘 뛰어들던 아이들의 얼굴들

그러나 여기는 먼 베트남

시시각각으로 목을 조이는 전장의

하루를 넘기면서

햄릿인지 하물렛인지 고매한 왕자님의

죽느냐 사느냐 그것이 문제로다

베트콩*의 82밀리 박격포탄이

교육대 지붕으로 두두둑 떨어지던 밤

엠16 소총을 들고 뛰었다 한 손에 쥔 탄창에는

총알이 없었지만

잘도 엎드려 있었다 철조망 건너

희미하게 꿈틀대는 일번 도로와 혼헤오*

그 산을 향하여

방아쇠를 걸고 똑바로 쳐다보면서

응사하는 포대의 105밀리 조명탄 불빛

밤도 낮도 아닌 곳에서

* PRI : 사격 예비 훈련.
* 베트콩 : 남베트남민족해방전선의 전사들을 사이공 정부가 비하해
  서 부르는 명칭.
* 혼헤오산 : 닌호아 백마부대 사령부 앞쪽 들판 너머의 산.

적이여 그대들은 어디에 있는가

전선도 없는 전선의 더운 나날이
짜증스러웠다 삼천 피아스타*짜리 첩보는
번번이 허탕이고
머리카락 보일라 꼭꼭 숨어라
숨바꼭질도 아닌데
베트콩이여 그대들은 어디에 있는가

논둑 어디엔가 소총을 숨기고
무논에다 모 포기를 꽂고 있는가
습진 장맛비 빗줄기를 피해
어느 동굴에서 소총을 분해 소재하다
흔들리는 나무 포기에 총을 겨누면서
물에 불은 생쌀을 씹고 있는가
손바닥으로 연기를 흩트리며
시레이션 양담배를 물고 있는가

머리카락 보일라 무궁화 꽃이 피었습니다
숨바꼭질 놀이를 하고 있는가

* 피아스타 : 베트남의 화폐 단위. 'Dong'이라고도 하며 1971년도 기
  준 우리 돈 400원 : 500피아스타.

전투서열병

영어로는 Oder Battle, 전투서열병*
거창한 이름이 주어지던 날
키가 큰 몇 명의 전우들은 재수 없다며
사단 수색 중대로 갔다 그날
함께 교사(敎師)여서 남달랐던 신 병장은
도깨비부대 2대대 8중대
낮에도 귀신 울음이 습지에 내려 적들도
피해 돌아간다는
그곳, 쑤이까이 망망 계곡*에
배속 명령을 받았다는 전갈이 왔다

손 흔들며 떠나던 날의 훈련소 막사를
또 다른 월남 신병들이 채웠고
지프차에 실려 참모부로 간 나는 지하벙커
전투서열과 빙 둘러쳐진 지도의 병풍 속을
헤매고 있었다 이름도 별난
적 부대들이 빨간 라벨로 붙어
어지럽게 흩어져 있었고
먼 백마 28연대 친구 부대 부근의 적들에게

제1의 서열을 매겼다

그럭저럭 며칠이 지나고
모든 것들이 낯섦을 벗어났을 때
삼천 피아스타, 우리 돈으로 이천여 원짜리
밀리는 첩보들을 베끼면서
그들도 인간이라 먹을 양식을 위하여 마을로
내려오고, 성욕을 위하여 처녀들을
잡아간다는 것을
그들이 지나간 곳에 널브러진
Made in USA의 시레이션* 흔적들

참 희한한 전장에 서 있음을 미국이
이 오랜 전쟁에서
끝내 이길 수 없음을 그때 알았다

* 전투서열병(戰鬪序列兵) : 정보참모부 소속으로 전투할 적의 서열을
  나누는 부서의 사병.
* 쑤이까이 망망 계곡 : 베트남 중남부 뚜이호아 지역에 있는 계곡 이
  름. 9사단 28연대의 작전 지역이었음.
* 시레이션 : 조리하지 않고도 먹을 수 있는 미군 군용 식량.

무더운 한낮을 건너며

아직 우기는 멀었다 한다
유월,
숨 막히는 더위 속으로 세월은 더디 지나가고
오후 한때면
어김없이 내리는 스콜
한 줄기에도 비누칠을 했다

채 씻기기도 전에 비는 그치고
비누칠로 범벅이 된 알몸들을 서로 손가락질하며
웃기도 하였다

주어진 한 시간의 시에스타* 시간에
고국 방송을 듣고
소나기에 잘 길들여진 긴 연병장을 거쳐 참모부
지하 막사로 가는 길을
땀 흘리지 않고 걷는 법도 배웠다
그래도 숨 막히는 참모부 양철 막사 옆 길
어디 풀숲에서 지친 도마뱀이 기어 나와도

이제 무섭지 않다

몇몇 장교들은 돈벌이에 미치고
가난한 귀국 사병들은
피엑스나 아리랑 하우스에서 오 년 묵었다는
호주산 소고기 육회에다
얼어붙은 맥주를 녹여 마셨다

아이들의 위문편지와
삼양라면, 청자 담배에 묻어 온 고향 냄새까지
바짝 태우는 건기의 더운 낮
그 무더운 낮을 천천히 건너면서

달력 한 장씩 찢거나 줄 그으면서

* 시에스타 : 아열대, 열대지방 사람들이 더위가 심한 오후 시간에 낮
  잠 자는 풍습.

첫 번째 매복

별다른 상황은 없었고
베트콩의 산중 농장에서 노획한 메주콩 같은
월남땅콩을 씹으면서
첫 번째 매복 준비를 하였다
중대 연병장에서 군장을 챙기면서
크레모어*, 수류탄, 신호탄과 더 많은 실탄을
탄창에 밀어 넣으면서
매일을 조바심으로 보내고 있을
산꼭대기 중대 기지의 소총수들을 생각했다

우리들의 매복 지점은
병참 중대 철조망 너머 늪지대
우기에는 목까지 물이 들어차 빠끔히
얼굴만 내놓는다는
그곳이었다 한 놈도 놓치지 마라
잡을 적도 잡힐 적도 없겠지만 조심하라 중대장의
긴 연설이 끝나자
육중한 사령부의 철문을 여는 헌병들
자물쇠 풀리는 소리에도 오싹했다

일번 도로를 지나 들판 길

덜커덕거리는 풀밭 길을 운전병은 사정없이 차를 몰았다

마을마다에는 해 질 녘 머리 허연 노파들의

입술마다에서

질근대는 노을같이 붉은 빈랑* 열매 즙

트럭의 속도가 줄자 맨발의 아이들은 손 내밀며

"Give me tobacco"를 외쳐대었다

어둡기를 기다리는 가매복 지점에서

시레이션 담배에 불을 붙이면

어디서 왔을까 이동 주부들*이 가져온 바나나

껍질 벗겨 독한 럼주를 한 잔씩 돌렸다

빌어먹을 재수 없게

우리들의 매복 지점을 알고 있구나 저년들

조장 박 대위는 겁쟁이라고 웃어 재꼈다

어느 매복 지점은

돗자리 부대, 살결 고운 꽁까이들도 온다며

이쯤 되면 이날은 잔칫날이 아니냐는 농담에

가슴이 섬뜩했다

그날 매복 지점에서

빛나는 하늘의 별들과

한두 낱씩 떨어져 나가는 별똥별을 보며

한잠도 잘 수 없었다 바람에 흔들리는 작은 나무들

이름 모들 산새들의 뒤척임에도

깜짝깜짝 놀라고 눈꺼풀이

침침해질수록 맑아오는 속마음, 눈을 비비다 보니

날이 밝았다

발목에 맨 신호줄을 풀면서

크레모어의 줄을 걷으면서 갑자기

먼 고향 내 반 아이들, 부모님이 떠올랐다

* 크레모어 : 클레이모어. 매복 작전에 쓰는 일종의 수동식 지뢰. 휘어
  진 양철 도시락같이 생긴 몸체 안에는 600~700개의 쇠구슬이 들어
  있어 살상력이 크다.
* 빈랑(삔랑) : 동남아시아의 40대 이상의 여인들이 씹는 담배인 '베텔'
  을 사용할 때 함께 씹는 빈랑목(檳榔木)의 열매로 색이 검붉은 것이
  특징.
* 이동 주부 : 술, 담배, 바나나 등을 군인들에게 팔러 다니던 주부 장
  사치.

죽은 자들과 산 자들

실종되었던 두 명의 아군은
갈기갈기 찢겨진 채 수색조에 의해 발견되었다
덮은 바나나 너른 잎사귀에
더덕더덕 묻어 있는 조국의 피도 굳었고
적의 기습에 부서진 경장갑차 부근
언덕배기 바나나 밭 아래 황토에 누워 있었다

적에게 끌려가면
날선 칼로 껍질을 벗겨낸다는 소문이
사실이었을까 고개를 젓다가
6 · 25 민족전쟁의 어두운 구덩이 속에서
나의 살붙이들은
또 다른 나의 살붙이를
새끼줄로 목을 조이거나 죽창으로 찌르거나
제 손으로 구덩이를 파게 하곤
산 채로 묻었다던가

정말 적에게 끌려가는 것보다 나았을까

침울한 이 한나절은
사상이 무어냐 이념이 무어냐
개떡 같은 독백으로 보냈고 또 한나절은
피엑스와 아리랑 하우스를 돌며
가슴이 터지도록 술을 마셨다
탁자를 두드리며
조국 코리아의 슬픈 유행가를 불렀다

죽은 그대들의 굳은 피에 목이 메어
꺼이꺼이 토하면서 술을 비웠다

기습으로 부서진 경장갑차 부근
실종되었던 두 명의 아군 장교는
28연대 도깨비부대의 도깨비가 되어
송카우 계곡*, 황천이 저만치 보이는 곳
바나나 잎을 뒤집어 쓴 채
황토 위에 눈 뜨고 누워 있었다

살아 술 취한 우리들은 또 한밤을
내무반 침대 위에서
식은땀을 흘리며 이를 갈며 그렇게
그렇게 누워 있었다

* 송카우 계곡 : 수도사단 맹호 26연대 작전 지역이었으나 파월 말기
  안케 패스 작전 이후 9사단 백마 30연대 3대대가 교체 투입되었다.

매복 후, 밝은 아침에

한 주일에 하룻밤씩의 매복도 여러 번
말이 거창한 매복이지
적은 없었다 어디 숨었는지
박쥐처럼 밤에만 쏘다닌다는 그들은
한 번도 만나주지 않았다

이제 간덩이도 제법 부풀어
눈 뜨이면 살아 있음이지 아침인걸
그래 좋은 아침이다
정글 새벽이슬에 더 빛나는 풀잎들
우리들은 표적도 없이
양철지붕 위로 떨어지는 빗소리로 따따따따……
M-16 예광탄을 퍼부었다
큰 나라 부자 나라 아메리카의 최신 무기를
아침 공기 속으로 마구 뿌렸다

이놈 한 개가 목숨 한 개라고
탄피 하나도 없으면 안 돼, 풀숲 뒤져 찾아내던
가난한 조국 대한민국의 사격장도 생각했다

무반동소총에도 얼얼한 어깨를 비비며
수통을 열어 밤새 식어 차가운 맥주를
목 줄기로 흘리면
전우여 이보다 더 멋진 소풍날이 어디 있었더냐
줄 그어 확실한 전장이 없는 곳의
싱그러운 아침, 가벼워진 몸으로
차에 올랐다

지엠시 트럭은 달리고
대숲으로 둘러쳐진 민가를 지나면서
그들도 매복을 끝내고 오겠지 소총을 거꾸로 매고
손 흔드는
베트남 민병대원들 나약한 뒤통수에다
엿을 먹이기도 했다

어느새 나도 오만한 따이한, 그들에게
위대한 우방국의 따이한이 되어 있었고

책상 서랍 속에 죽어 있는 동양인

매일은 첩보와 전과로 시끄럽고
며칠 전 동보산*에서
죽은
여러 명의 남베트남 해방전사들은
책상 서랍 속에서
흰 배를 드러내놓고 숨 쉬고 있다

가시나무와 산거머리들을 피해 산 오르다
매복조의 크레모어
잔인한 덫에 걸려
엷은 뱃가죽을 지나간 수십 개의
쇠구슬 자국들이 까만 점으로 정갈하다

흑백사진이어 더욱 하얀 얼굴
부풀어 일그러진 얼굴에 터진 입술
우리와 똑같은 동양인은
뚫린 피부로 숨을 쉬고 있다

하늘에 계신 아버지

거룩한 나라가 땅에서도 이루게 하신다는
아버지
우리가 우리에게 죄지은 자를 사하여주신다는
아버지! 우리 죄를 사하여주옵소서
우리 죄를 사하여주옵소서 메이는 가슴으로
지하벙커에 한 줄기
찬 에어컨 바람이 스며들었다

먹고 먹히는 전장에 끼여
후회가 스멀스멀 기어드는
먼 나라, 별 수 없이 나도 동양인
그를 가둔 어린 병사의 책상 서랍 속에서
숨 쉬고 있다

허연 배를 헐떡이며 숨을 몰아쉬고 있다

* 동보산 : 백마 30연대 지역의 산 이름.

오길동 상병님

고향은 충청도 산골
지금은 소백산맥 깊은 골의 화전민
스물아홉 살에 입대하여 서른둘
그의 직함은 연대 군수과 10종*계 조수
아침에도 술에 절었다

전장에서 죽어 널브러져
실려온 전우들의 살점을 꿰어 맞추면서
흰 붕대로 칭칭 감아 수의를 입히면서
냉동실에 집어넣으면서 그는
어떻게 취하지 않을 수 있으리
노래도 불렀다
때론 고향 친구의 시신을 끌어안고
안타깝게 울기도 했다 볼 부비며
다시 술에 절곤 했다

부스스한 얼굴로 깨어난 새벽은
불태운 산비탈 밭뙈기에서 비지땀 흘릴
어린 아낙에게

나는 살아 있다 아내여, 무딘 손 무딘 필적으로
편지를 쓴다

시체를 기우면서 그는 살아 있고
살아 있어 더욱 야윈 가슴으로
몇 알의 아스피린도 씹었다
무싯날 혹시 있으면 부대 앞바다에
수류탄을 까 넣고 잡은 고기 몇 점
회쳐 우물거리면 세월이 갈까

오길동 상병님
병장 진급은 틀렸고, 죽은 전우의
가슴 조각 맞추는 기술자
때론 그의 살점 꿰매는 꿈에도 몸서리치는

* 군대 군수품의 분류 : 1종(식재료), 2종(피복류, 장구류), 3종(유류,
  화공류), 4종(건설자재), 5종(탄약, 수류탄), 6종(PX 물품), 7종(소총),
  8종(의무자재), 9종(수리부속품, 정비 키트), 10종(폐품, 대민지원물
  자, 영현-시신) 등.

제2부

내가 처음 만난 베트콩

그날 내가 받은 정보는 정확했다
좌표 BP 828829
누이 혼바*를 출발한 적은
다반, 다박 계곡*을 거쳐 마을로 내려온다고 했고
부대장 이 대위는 무슨 생각에서인지
매복 지점에 정확하게 병력을 배치했다
병력이래야 고작 열한 명
늪지대에는 저녁 내내 비가 내렸다

산에서 마을로 이어지는 작은 길
질퍼덕거리는 풀숲에 크레모어를 깔고
일조장인 나는
월남 신병 헌병대 이 상병과 군악대 신 병장과
물속에 배를 깔았다

이내 비 멈추자 달 뜨고
늪으로 하얗게 쏟아지는 저 달빛
그때부터 발목에 감긴 신호 줄이

근질거리기 시작했다
낮에 받은 첩보도 덩달아 근질거렸다

야광 시계는 열두 시를 가리키고
잠든 병사 머리 위로 쏟아지는 달빛
그때 보았다 늪 저편 들판을 가로질러 뛰는
저놈들!
가슴이 쿵쾅댔다 한 손으로 가슴을 누르며
깨운 신병들도 함께 떨기 시작했다
오랜 후에야 총을 찾았고 크레모어를 연결했지만

놈은 다반 계곡을 헉헉거리며 오르거나
저쪽 정글 나무 뒤에서
체코슬로바키아산(産) 저격용 소총*으로
우리들 머리통을 정조준하고 있을지도 몰라
정신 차려, 신호 줄을 두 번 당겨도
감감 무소식이었다 모두 잠들었다

뜬눈으로 밤 지샌 아침 쓰린 눈 비비며

이 대위에게 적 발견 보고를 하였다

그는 웃으며

메주콩인지 강낭콩인지 귀신같은 놈들

* 누이 혼바 : 베트남어에서 'Nui'는 산, 'Song'은 강을 나타냄. 혼바산.
* 다반, 다박 계곡 : 백마사단사령부 부근 29연대 작전 지역의 계곡 이름.
* 체코슬로바키아산(産) 저격용 소총 : Gew43. 독일에서 개발한 저격용 소총이었으나 2차 대전 후에는 체코슬로바키아 육군이 사용함.

케이레이션* 유감

향수의 대가인가 점심 한 끼씩
빌어먹을 놈, 모국의 엉터리 기업이 만든
시어 구역질나는 김치통조림
그래도 맛있다는 전우들을 보면서
시레이션을 생각했다

근무를 끝낸 상황병* 최 병장이
설핏 든 잠을 깨워 막사 곁 풀밭에 앉으면
깡통 따개 매끄럽게 벗겨지는
시레이션 맛
큰 나라 미합중국의 흑백황인종
온갖 잡동사니 식성에 맞춘 걸작품인가
허나 그대 나라가 부러워서가 아니다
시어 구역질나는 케이레이션,
Korean Ration에 대한 반란
파월장병의 입을 시궁창으로 여긴
조국 기업에 대한 유감

십이월 언 손 호호 불며

김장철, 밤 대추 배랑 실고추를 다져 넣던

우리 어머니 누이들의 맛은 어디 갔느냐

어디 도깨비시장의

싸구려 옷, 비닐 입힌 순대 맛

한 두어 번 속은 그 맛뿐이다

조국이 향수의 대가로 보냈는가

케이레이션, 더럽게 조잡한 김치 깡통

울컥울컥 치미는 이 메스꺼움

* 케이레이션 : 한국군의 전투 식량. 맛이 변질되어 병사들의 얼굴을
  찌푸리게 하였음.
* 상황병 : 정보작전부서에서 밤 새워 적정(敵情)을 감시하거나 첩보
  를 수집하는 사병.

초병과 전갈과 청사

새벽 두 시간 반 초소 근무를 나서면
어떤 날은 달이 밝아
덜 깬 잠 위로 보이는 고향

경계 벙커 구멍으로 빤히 보이는 철조망
개 한 마리 기어들면
어디서 고요한 밤 옷자락 흔들며
환청으로 들리는 버들피리 소리
고속버스 차창에 매달려 우시던 어머니
어머니, 따라 눈물 떨구던
베트남 참전병 훈련소 강원도 오음리 가는 길
그런 것들도 보였다

두고 온 내 아이들은 무얼 할까
숙제를 하다 말고 잠들었을까
이제 곧 산골 마을을 깨울 교회당의 새벽 종소리
이 밤 산 것들을 품고 숨 쉴 조국이여
넓은 여관방에서 젊은 계집을 끼고 뒹굴

원기 왕성한 부정 축재자들이여

도둑놈들이여

그래도 이런 잡념이 있을 때가 좋았다

철조망을

겁 없이 기어들 베트콩은 있을 리 없고

순찰차도 순찰 장교도 지금은 잠이 들었다 그러나

초소 벙커 썩은 나무 사이에서

날 선 집게를 세우는 전갈

바짓가랑이 사이를 노려보는 청사

목덜미와 아랫도리가

더 걱정일 때도 있었다

동남아 순회공연?

밤 초소 근무를 끝내고
이슬 촉촉한 풀숲 길을 지나 막사로 가는 길
언덕 아스팔트길을 따라 오르다 보면
술에 취해 흐느적거리는 확성기 소리를
종종 들을 수 있었다

미군 헬기 중대 곁, 걸음 멈추면
"Hay Korean Army, come on, come on"
어둠 속에서 더욱 어두운
흑인 장교, 맥주 묻은 손으로 잡아끌어 들어서면
그곳에서 노래하는 동양 여인들

이제 막 하나 남은 속옷을 벗어던지고
환각 조명에 몸을 맡기고
현란하게 가랑이를 흔들고 있었다 사타구니 사이로
목을 들이밀며 미군 병사들은 낄낄거렸고
손에 쥐어진 한 줌의 지폐와 마이크
도대체 너의 국적은 어디인가

나는 막사를 빠져나와 뛰었고
"Sergeant* Kim, come on, come on"
흑인 장교도 따라 나왔지만

쫓겨 가는 뒷머리에 차갑게 쏟아지는 웃음
그날 밤은 미열에 몸을 떨었다
눈 감아도 가까이 다가드는
광란의 몸 흔듦, 벗은 속곳에서 흩날리던 미국의 지폐들
어디 더 먼 곳으로 도망치고 싶었다

침략으로 얼룩진 조국의 역사 속
정조 잃고 혀 깨물던 흰 옷 여인과 가랑이 흔들던
나체의 여인이
자꾸 범벅되어 다가섰다

혹시 그녀는 유명 가수였을까
어쨌든 조국 코리아의 여인임은 틀림없었고
"Sergeant Kim, Sergeant Kim"

부르며 쫓아 나오던

이빨 하얀 그 흑인 장교 품에서

잠들고 있을지도

* Sergeant : 병장 또는 장기 하사관의 명칭. 미군은 병장부터 장기병
  임.

친구야 네 가슴에

236기지라고 불리는
쑤이까이 망망 계곡의 언덕배기
이제 막 우기로 접어드는 한밤중에
누가 전설이라 했는가? 전파를 타고 귓전으로
흘러드는
총각 귀신들의 울부짖음

비보는 속속 날아들고
비상이 걸리고
신바람으로 진격하던 한국군들의 스무 살
싱싱한 팔다리와 가슴들이 허공에
솟구쳤다 떨어졌다

그때 친구를 보았다 허공 까마득히
떠오르는 가슴이 없는 친구
그 가슴에서 우리들이 함께 마시던 대구 향촌동
중국집의 붉은 오가피주가 무더기로
쏟아져 내렸다

비에 젖으며 비에 젖으며
236기지 언덕배기에서 계곡으로
한없이 무너져 내렸다
확실히 기억되지 않는 계절의 한 귀퉁이를
짙게 스며들고 있었다

친구야 어디로 가느냐
베트콩의 특공대에 찢긴 막사
지피지기면 백전백승*이라던 따이한이여
어디로 가느냐
수화기에 매달려 악을 쓰던 나도 지치고
하루 종일, 한 달 내내 비 내린다는
우기의 언저리에서
결국 친구는 가슴을 잃고 말았다

펄럭이는 황천의 검은 옷자락에 매달려
저만치 요단강을 건너고 있었다
강어귀에서 발버둥 치며

우는 친구의 소리가 가슴 한 가운데에
쇠못이 되어 박혔다

우기의 언저리에서

* 지피지기면 백전백승 : '적과 나의 사정을 잘 알면 싸움에서 지지 않
는다'는 뜻의 말이나 원래의 문장은 '知彼知己면 百戰不殆', '백 번
싸워도 위태롭지 않다'이다.

또다시 죽은 친구의 이름을 쓰며

아침 출근길 사단사령부 연병장
노루 한 마리 보았다
불쌍한 새끼 노루는 병사들에게 쫓기다 죽고
조국의 휴전선에선
노루에게 총도 쏘지 않는다는 말이
생각났다

불안했다 하루의 상황을 받으면서
베트콩 부비트랩*에 걸려 죽은
한국군의 부고를 본다
"오빠 숙이예요 오빠가 보고 싶어요
얼마 후에 귀국할 때 꼭 훈장을 달고 오세요"

너도 들었느냐 점심시간 고국 방송의
내 여동생 소리를
나도 너처럼 남은 기간만이라도
안전한 곳에 근무할 수 없겠냐

사단사령부 연병장

아침 출근길, 길 잃은 어린 짐승 한 마리 죽었다
불안했다 이 하루의 끝에서

친구야
죽은 노루 새끼가 바로 너였을 줄을

* 부비트랩 : 건드리거나 들어 올리면 폭발하도록 임시로 만든 지뢰
  장치. 베트콩의 부비트랩은 뾰족하게 깎은 나무에 물소 똥을 칠해
  파상풍에 걸리도록 만든 것들이 많았음.

포로가 되어 끌려온 어느 여자전사

그날 정보는 찹쌀궁합
사단 수색중대의 전과는 대단하였다
다비아산을 오르던 전사 몇은 사살되었고
단 한 명 포로로 잡혀온
해방 전선 여자전사는
취조실 의자에 초췌하게 앉아 있었다

한국군의 설익은 월남어로 심문을 받으며
빈혈로 어지러웠던지
헝클어진 머리칼이 떨렸고
뱃속에서는 누구의 씨앗인가 대여섯 달
아기가 꿈틀거렸다

볶은 참깨처럼 얼굴에 묻어 있는
기미와 주근깨 함께 실룩이던 창백한 한마디 말
나는 당신들의 적이 아니어요 어느 날 밤
나를 잡아간 그네들의 동굴 속
돌 자갈 위에 쓰러졌고

줄줄이 능욕당한 아랫도리의 아픔과
매일 팔뚝에 쑤셔 넣은 흥분제 자국들을 보셔요
이 아이는 그들의 소유물
잔인한 미움의 세월 속에서 죽은 그들은
모두가 내 남편들
나도 이제 위대한 민족주의자

도대체 당신들의 정체는 무엇인가요
자유의 십자군? 웃기지 마셔요
나를 보내주셔요 나의 마을로 그곳에서
이 아이를 낳아 또 어느 날, 또 다른 그들의
씨앗을 받으러 산을 오르겠어요

눈물겹구나 여인이여, 전쟁이여
그래도 그대 남편들은 동족, 그대의 살붙이
나는 부끄러운 따이한 병사
우리 역사도
대동아전쟁, 틈바구니에 끼여 슬펐던 기억이

있다 정신대 일본 놈들의 가슴에 짓눌려
남양군도*, 뜨거운 천막 속에서 질펀대며

나이센이따이, 덴노 헤이까 반사이*

* 남양군도 : 적도 이북의 태평양에 흩어져 있는 많은 섬을 이르는 말.
  마리아나, 팔라우, 캐롤라인, 마셜 등의 여러 섬으로 정신대뿐 아니
  라 72만 명이 일본의 강제노동에 동원됨.
* 나이센이따이, 덴노 헤이까 반사이 : 내선일체(內鮮一體), 천황 폐하
  만세.

닌딘 마을*

다반 계곡을 따라 흐르는 물은
남지나해 그 바다로 간다
통킹만이 환히 보이는 곳에
닌딘 마을,
남정네들은 정부군이거나 베트콩이거나 죽었거나
베트남민족해방전사이거나
일 번 공로(公路) 위의 모든 마을들이 그렇듯
과부촌이라 불렀다

이 속에도 어김없이 해는 지고 뜨고
달 밝은 밤은 먼 고향 할머니
며느리 앉히고 두드리는 다듬이소리, 그런 소리도
들릴 법 했다
돌아올 자식을 기다리는가
노인들은 질기디질긴 전쟁의 그늘에
쪼그리고 앉아
질근질근 피빛 붉은 빈랑 열매를 씹고

해방 이후 내 조국 코리아가 그랬듯
한 자식 놈은 정부군 장교, 또 한 자식 놈은

남베트남민족해방전사
평생을 걱정으로 찌들어
먹을 것 없는 안남미를 쪼개어 양쪽에다
세금을 바치는 가정도 여러 집 있다고 했다

보병 제9사단 사령부의 열 겹 철조망
묻힌 지뢰에 마을의 똥개들이 횡사하는 닌딘 마을
한 주일에 한 번씩의 매복 날
독산 럼주에다
바나나를 사다 나르기도 하고
젊은 과수댁과 숫제 하룻밤 신나는 매복을 했다는
전설(前說)도 있다

어떨 때는 뒤뜰 칼 가는 소리
어떤 때는 살며시 산을 내려서는 전사들의
조심조심 걷는 구두 발자국 소리
진입로를 차단한 한국군 청음초*의 매복에
혼줄 끊긴 해방전사들 먹이러
쌀자루를 지고 끙끙대며
산을 오르는

육순 노파의 굽은 등허리도 보았다 한다

너무 가까이 있어 두려움을 덜기도 하지만
닌딘 마을이여
다반, 다비아, 혼바산 계곡에 산재한 해방전사들에게
화해의 등불을 내걸었는가
밤이면 처녀들은 닌호아 읍내로 숨어들고 아침이면
발이 너른 아이들이
습지로 물소 떼를 내몰기도 했다

혼헤오산*에서 되받쳐 오는 더운 바람맞이에서
닌딘 마을아, 이중고에 떠는
내가 처음 남베트남 해방전사와 마주쳤던

* 닌딘 마을 : 베트남의 가상 촌락, 내용은 사실에 근거로 하여 구성.
* 청음초(聽音哨) : 적의 움직임을 볼 수 없는 밤에 소리로 적의 행동을
  탐지하는 매복.
* 혼헤오산 : 백마 29연대 지역 해변에 위치한 해발 700여 미터의 산.

붕로베이를 지나며

이인호 소령*이 수류탄을 몸으로 안았다는
붕로만 돌산 위로 어지럽게 비 내리고
트럭에서 내린 우리들은 사주경계(四周警戒)를 하면서
시레이션을 뜯었다 아직 이곳 촌민들은
붉은 명찰과 얼룩무늬 옷들이 무섭고
시체가 쌓였다는 마을이 눈 아래 엎드려 있다

"Kill anything that moves"*
밀라이촌*에서 민간인을 학살한 미군 소대장
윌리엄 캘리 중위는
그네들의 법정에서 종신형을 받았고
전설 아닌 처참한 전설에 일순 침울해졌다

그토록 어두운 시절이 있었던가
이 살육의 언덕배기
십 년 전 캄란 베이에서 올라가
지금은 중부 다낭*에 진을 치고 있는
귀신 잡는 청룡부대 해병의 가슴팍에
왜 적들은 바위산 개구멍 속에서
철없이 총을 겨누었을까

저절로 굴러떨어지는 돌들과 비에 젖어 초라한
대정글 밑에서
잔인한 피, 판초 우의 사이로 저미는 이
오한 위로 붉은 십자의 헬기가 저만치 사라진다
어디서 상황이 붙었는지
도깨비부대 1대대 1, 2, 3중대를 지나

끊긴 다리를 우회하여
투이호아로 가는 길

* 이인호 소령 : 동굴 수색을 전개하던 중, 갑자기 날아온 수류탄을 자
  신의 몸으로 덮쳐 부하들을 구하고 전사한다. 문제는 부대원들이
  주변 마을을 습격, 많은 민간인들이 희생됨.
* Kill anything that moves : 움직이는 것은 모두 죽여라.
* 밀라이촌 학살 사건 : 소대장 윌리엄 캘리(William Calley) 중위가 이
  끄는 미군들이 베트남 남부 밀라이촌에서 민간인 504명(여성 182명,
  그중 임산부 17명, 어린이 173명)을 무참히 학살한 뒤, 같은 날 3킬
  로미터 떨어진 미케촌에서 백여 명을 더 학살하였음.
* 다낭 : 해병대 청룡부대가 주둔함.

중대 기지의 병사들

미국 육사 교본에도 나온다던가
채명신기지*, 산꼭대기를 깎아 만든 철옹성
때론 더 높은 산꼭대기에서
82밀리 박격포를 적들이 쏘아대기도 했지만
철조망을 기어들 엄두도 낼 수 없는 곳
한 번 헬기로 공수되면
더딘 삼백육십오 일의 끝날
다시 헬기로 산을 내려선다는 중대 병사들

급수 작전이 시원치 않은 날은
철모에 빗물을 받아 얼굴에 바르고 참호에서
교통호에서 쪼그리고 앉아
위문편지도 읽곤 하지만
살아 더러운 스무 살 젊음의 일어남
녹슨 철조망 쪽으로의 수음
젊어 진한 그 녹을 벗겨냈을까

매일의 사단작전, 연대작전, 중대작전
매복작전으로 정글을 기며
가시에 할퀸 상처를 동여맸을까

고향같이 포근한 산 아래 마을을 보며
가슴을 쥐어뜯었을까

미국 육사 교본에도 나온다던가
중대 기지는
어머니 젖가슴이다
오늘은 어느 전우가 들것에 실려
산을 내려갔을까
가슴에 무공훈장을 달고 귀향길에 올랐을까
프랑스 바스티유 감옥은 담이 높아
보이는 바깥세상이 없댔지만

중대 기지, 산 아래 보이는 풍경은
포근하다
전장이 아닌 그저 고향 마을일 뿐

* 채명신기지 : 채명신은 초대 주베트남한국군사령관으로 산봉우리
  를 깎아 중대 기지를 만든 것을 고안하였는데 정글전에서는 가장
  효과적이라는 평가를 받음.

편지

여고 삼학년 동생에게 편지를 썼다
가난으로 기울어진 집안 형편으로
대학을 그만두겠다는 연락을 받고
하루 낮과 하룻밤을 떠난 잠 곁에 엎드려
아주 길게 쓰리라 마음먹었다

은유와 직유로 망가진 세상과
고국 월간 문학지들 속, 비유법으로 풀풀 날리는
메스꺼운 시편들을 생각하다가
빌어먹을 비유가 뭐냐
나는 그런 것 안 쓴다 쉽게
사랑하는 동생아로 시작했다

지우고 또 지우는 편지 한 줄의 어려움에
땀이 쏟아지고
병장 봉급이 그곳 선생 월급보다 조금 낫다고*
썼다가 또 지우고
술 한 잔 안 마시고 모은 돈이

대학 등록금으로 족하다고 썼다

하기야 내게로 다가오는 죽음이
어디로 스쳐 지나갈지 모른다는 생각에
편지지에 떨어지는
몇 방울의 눈물자국 위로 가재 닮은 전갈을 그리고
도마뱀도 그렸다 끝은
아주 재미있는 월남 생활이라고 썼다
새까만 사진 한 장 넣다가
다시 추신을 덧붙였다

이곳 병장 월급이
그곳 선생 월급보다는 낫다고

* 참전 병장 월급은 54달러. 원화로 환산하면 21,000원으로 당시 교사
  월급 13,000원의 곱절.

안남미*

힘센 대륙의 당나라가
고구려의 옛 땅에 안동도호부(安東都護府)를
두었을 때
이곳 베트남에 설치된 안남도호부(安南都護府)

조선이 당파로 얼룩지고
의성인지 안동인지 김 씨들의 세력 굿판
돈 모은 상놈들이 양반을 사서 거드럭거릴 때
베트남도 돈으로 만사해결
관리들은 뇌물로 치부했다

대원군 섭정하
새남터* 어디에서 천주쟁이 수만 명의 목덜미가
휘파람 소리를 낼 때
역시 수만 명 천주교인들의 목 위로
후에 왕조* 뜨덕제(帝)*의 날선 칼날이 번뜩였고
더운 하늘에 더운 피가 뿌려졌다 아니면
핏발 선 이마에 자묵*을 받고
먼 곳으로 쫓겨났다

그 불안불망의 세월 속에서
힘없이 질긴 한때를 위하여
백성들은 등 허물 벗기면서 이기작(二期作) 벼톨을 잘랐다

우리들 조선 쌀이 끈기 있다고 할 것인가
오늘 병영 식탁 풀풀 날리는 안남미가
매끄럽지는 않다
한 번도 이긴 적 없던
서로의 역사 또한 닮아 매끄럽고
알랑미 알랑미 뜻 모를 말 지껄이며

안남미, 그대는 사실 우리들의 어린 시절
허기진 이 따이한을 구했던

* 안남미(安南米) : 베트남 지방에서 나는 쌀. 2~3기작 가능.
* 새남터 : 조선 시대, 죄인들의 사형을 집행하던 장소. 신유박해 이후
  천주교도의 처형 장소로 유명함. 서울의 신용산 철교 부근에 있음.
* 후에 왕조 : 베트남 왕국의 마지막 왕조.
* 뜨덕제(帝) : 후에 왕조의 왕. 3만 명의 천주교도들을 학살함.
* 자묵(刺墨) : 불에 달군 쇠도장을 이마에 찍어 내쫓던 형벌.

단 한 번 만난 협궤열차

수원과 인천 사이 작은 동리들
촌로들과 생산물을 이고 진 아낙들과 떠돌이
장돌뱅이들 악다구니 소리
시끄럽게 스쳐간
빈 정거장을 멍하게 서 있던 간이역장
수인선(水仁線)도 협궤랬지만

흑백 텔레비전 속에서 본 이곳은
남북으로 단 한 줄
일본인지 프랑스인지 그들의 이익을 위해
철길을 만들었으리라 강제로
주민을 동원하여
우리나라의 그것들처럼 만들었으리라

녹슨 쇠붙이는 전쟁을 말하고
햇볕 뜨거워 흐물거리는 건너 이동 사격장에서
탄알을 날렸다
그때 처음 듣는 둔한 소리,
증기기관차가 지나가고 있었다 천천히
저보다 더 큰 지뢰 제거차를 앞세우고 꽁무니에

한 칸의 화물칸을 달고
서부 개척시대의 영화 장면처럼
힘겹게 삐걱대며 지나가고 있었다 이 풍경이
무슨 횡재냐고
우리들은 일어서서 손을 흔들었지만
기관사건 정부군이건 그들 모습은 멀어 가물거렸고
손을 흔들어주지 않았다

어떤 얼굴들이었을까 뜨거운 오후 두 시의
철길 모퉁이를 돌아
쉬엄쉬엄 더디 사라지고
우리들은 다시 표적(標的) 쪽으로 눈을 돌렸지만
간이역도 승객도 장돌뱅이도 멍하니 서 있던
간이역장도 없는 길을
아직도 무사히 달리고 있을까

무슨 횡재였을까 협궤 위를
기어가던 그놈을 다시 한 번만 만나고 싶었는데
그날 이후론 만날 수 없었고

무공훈장은 누구의 가슴에든 빛나리

무공훈장을 받고 휴가 다녀온 임 하사는
밤마다 피 흘리는
망자의 악몽에 시달린다고 했다

죽이지 않으면 내가 죽는 것이 전쟁이라면
이런 세상에서는
악착같이 살아야 한다
서울 명동, 광주의 충장로가 아니더라도
자갈논배미 비탈 밭 긴 사래*에 시달리고
공사장 막노동에도 저무는 하루
피리는 불어도 가는 세월, 살아 돌아가야 한다

설치다 죽은 이들은 가슴이 없다
훈장이 탐나는 병사들은
닌호아, 나트랑, 캄란 시장의 후미진 곳에서
한 자루의 칼빈 총을 사고
총번(銃番)을 짓이겨 전과(戰果)로 돌리면, 그대 가슴에
훈장이 빛나리

누이 좋고 매부 좋게 살아 돌아가리

산 사람은 누구나 가슴에 훈장을 달 수 있으리
오십 달러의 군표(軍票)*만 있으면

* 사래 : 밭이랑.
* 군표(軍票) : 전쟁 지역이나 점령지에서 쓰는 긴급 통화. 군용 수표.

시에스타, 베트남은 잠들고

예수 그리스도는
두드리라 그러면 열릴 것이라 했지만
아무리 두드려도 열리지 않는다 닌호아읍*
정오 무렵에서 두어 시간
상점들도 심지어는 관청들도
시에스타, 잠에 빠져 허우적인다

정글 속 바위틈에서 적들도 잠들었을까
먼 나라에서 용병으로 끌려온
어설픈 병사의 눈으로
정말 베트남의 병(病)은 여기서부터라고

우리들도 점심 후 한 시간을
침상에 누웠거나
주간지를 뒤적이거나 편지를 쓰거나 고국 방송에
귀를 기울이기도 하지만

지천이 시에스타 이 베트남의
깊은 잠이 병이 되고 있음을 본다

* 닌호아읍(邑) : 백마 제9사단 사령부가 있으며 29연대 작전 지역.

제3부

아아, 638고지여

안케 패스 작전*, 고국 신문은 승전보로 시끄러웠다지만
638고지 위로 드럼통을 굴리며 올라가 죽은
임동춘 대위 사물함에 성경책 두 권
아아, 말할 수 없는 피의 언덕배기
골고다! 638고지여

* 안케 패스 작전 : 1972년 남베트남민족해방전사(베트콩)와 북베트
남 정규군(NVA)이 춘계 대공세의 일환으로 꾸이년과 뽈래이꾸를
연결하는 19번 안케 통로에 있는 638미터의 고지를 공격했음. 전투
는 1972년 4월 11일~4월 26일까지 16일 동안 진행됨. 한국군은 74
명 전사, 104명 부상, 1명 포로 등의 피해를 입었고, 베트콩 및 NVA
705명을 사살, 포살(砲殺)했다지만 확인 불가능. 한국군 베트남 참전
이래 가장 큰 희생을 초래한 전투.

멸망의 무덤

베트남이란 단어는 역사에서 영원히 지워질 것이다

천팔백년대의 황혼 녘
프랑스 판무관(辦務官) 아르망*의 공갈로
마지막 베트남 응우엔 왕조는
일시에 무덤이 되었는지, 나트랑시 입구
진입로 양쪽에
한 번도 흥해보지 못했던 저들 나라의
알 수 없는 글자로 어지러운
이끼 낀 비석들

땅 위에 직사각형으로 들어 올려
하늘 더 가까이 가고 싶은 욕망이었을까
얄팍한 흙을 뿌리한 풀들이
이제 막 우기로 접어들 삼월 중순의 땡볕에
마르고 있다

잘 익은 과일이다, 터지기 전에 먹어치우자며
약육강식의 세계사를 독식하며
주판알 퉁기던 나폴레옹 3세의 대프랑스는

피의 강을 건너 물러가고

어디 시에스타에 빠졌는지 잊혀졌는지
"남국의 산하에는 남제(南帝)가 거(居)한다고
천서(天書)에 분명히 기록돼 있거늘 어찌하여
그대는
우리의 땅을 탐내는가
저들은 분명 무자비한 패배를 맛볼 것이다."
군가를 부르며
피의 전쟁에 말려 무덤이 될 줄을

나는 오늘 이곳에서
초라한 검은 상장(喪章) 나부끼며
나부끼며 줄 잇는 운구 행렬을 보며

결국 이 나라 전체가 모두
무덤이 되어가는 것을 보며

* 아르망(Jules Harmand, 1845.10.23~1921.1.14) : 베트남 식민지화를
  주장했던 프랑스의 관리. 아르망 조약이라고 불리는 제1차 후에 조
  약을 베트남과 체결.

젖은 눈빛의 여학생

매복 근무를 나가던 날의 오후
일번 도로는 소나기에 새까맣게 젖었다

부대 주변 닌딘 마을의 작은 상점 앞
트럭은 멈추고
맨발의 아이들이 우르르 몰려들었다
"Give me chocolate" 손을 내밀었지만
장난으로 병사들이 던진
담배 개피는
저만치 젖은 길바닥에 나뒹굴었다

하굣길이었을까
비에 젖은 아오자이 사이로
빨간 속옷이 비치는 여중학생들
스쳐 지나가자
"헤이 붐붐 라이라이*"
자전거는 멈추고
전우여 비에 헝클어진 그녀 머리칼 사이로

번뜩이는 광기를 보았는가

무서웠다 오한이 머리를 파고드는
매복 지점, 비는 내리고
물속에서 거머쥔 소총이 떨렸다

비 그치자 밤하늘의 무수한 별빛들 틈새로
더욱 크게 다가서던

아아, 그 여학생의 눈빛

* 헤이 붐붐 라이라이 : 이리 와, 연애하자.

머리칼과 손톱

무덤 속에서도 보름 동안은 자란다는
머리칼과 손톱을 잘라
봉투에다 넣고
경상북도 칠곡군 왜관읍 왜관 6동 번지를 썼다
중대본부에 반납하고 돌아온 저녁
폭음을 했다 계집애처럼 울면서

월맹 정규군
프랑스군을 궤멸시킨 그것도 3개 사단이 집결한
콘툼*과 플레이쿠*를 연결한 19번 공로(公路)
생의 끝일 수도 있는 콘툼플레이쿠 개통작전에
선발대로 출정 명령을 받았다
이제 내 일생도 끝으로 가는구나
잘 있게 나를 떠나간 손톱이며 머리칼이며
남은 한 낮과 한 밤이면
이 회의 또한 끝이려니
갑자기 머리가 쑤셔왔다

패주하는 부대는 누가 지휘하는 어느 부대냐

갑자기 나붙은
격문들에 고개 갸웃대며 보병들은
속속 사단 연병장으로 모여들고
꿈속에서들 알았으랴 이 엄청난 음모를

호치민 루트는 아무도 끊을 수 없는 길
대정글의 빼꼼한 구멍으로 연이어 내려오는 월맹 트럭들
대리전쟁의 또 다른 대리전쟁에서
콸콸콸 쏟아지는 약소국 젊은이들의 피
피를 멈추게 할 수는 없는 일

오늘 중대본부에 반납한
내 생명을 되돌려다오
거대한 나라, 거대한 주인의 나라 미국아

* 콘툼(꼰뚬), 플레이쿠(쁠래이꾸) : 베트남 서부 고원지대의 두 개 도
  시 이름. 19번 공로로 연결됨.

나는 먼 여행을 떠납니다

한국군의 작전 지역 밖
콘툼과 플레이쿠를 연결한 19번 공로는
적에 의해 끊어졌고
막강한 달러 값을 치르기 위한 이동 준비는 끝났다
부대 표시도 계급장도 모두 뗀 채
눈물인지 콧물인지 훌쩍이며
사령부 강당에서의 신고식도 모두 끝났다

나는 먼 여행을 떠납니다 아버지
나는 먼 여행을 떠납니다 누이여
나는 먼 여행을 떠납니다 내 아이들아
나는 먼 여행을 떠납니다 친구여
그리곤 혹시 못 올지도 모릅니다

집에서 교실에서 논밭에서
이 안타까운 말들의 뜻을 알까
수십 통의 편지를 부친 후 그날 밤도
술에 취해 고꾸라졌고

다음 날 아침에 작전이 취소되었다

누가 거대한 나라의 명령에 맞섰을까
또 며칠 후 한국군은
이 전장에서 영원히 떠난다고도 했다

* 콘툼 플레이쿠 작전 : 맹호 지역의 638고지 전투가 한국군의 대패로
  끝나자 미군은 꼰뚬과 쁠래이꾸를 잇는 19번 공로를 개통할 것을
  명했음. 출정 몇 시간 전, 이 작전은 영문을 모른 채 취소됨.

사단 작전

참으로 굉장했어
닌호아에서 투이호아 236기지로 떠나는
아느냐 그 이름 무적의 사나이
세운 공도 찬란한 백마고지 용사들의
병력 이동 차량들
혼바산을, 다비아산을, 지억낀산*을 지나
봉로만 고개를 꼬불꼬불 기어올라 선두 차는 멈추고
그 긴 행렬의 끝이
눈을 닦아도 보이지 않는다

사이사이 장갑차의 캐터필러들
머리 위는 중무장한 코브라헬기*의 프로펠러 소리
적들은 어느 바위틈에서 오줌을 쌀까
그네들이 자랑하던
B-30 로켓포는 어디다 꼭꼭 숨겼을까

일번 공로 위를 지나치는 많은 차량들
그들의 저격에 박살이 나도
한국군은 피해 대상에서 제외된 것은

어김없이 전개되는 보복 공격이 두려워서일까
제주에서 여수 순천에서
지리산 자락에서
동족이 동족을 학살한 따이한들의 잔인성을
저들도 안다
해방전사들 주머니 속은 늘 호치민 사진과
노란색 전단
한국군과의 교전은 절대 피하라

참으로 굉장했어, 투이호아 236기지로 떠나는
작전차량 꽁무니는
눈을 닦아도 눈을 닦아도 보이지 않고
어느 바위틈에서 해방전사들은

저린 오금을 붙잡고 오줌을 쌀까

* 다비아, 지억낀 산 : 백마 29연대에서 28연대로 가는 길에 위치한 산
  이름.
* 코브라헬기 : AH-IS Cobra. 세계 최초로 실용화된 공격 헬리콥터,
  하늘의 독사(毒蛇)라는 별명을 얻을 만큼 가공할 만한 위력을 지님.

비겁한 기도

점차 늘어가는 아군의 피해
적의 저격병은 눈이 여럿인지 '땅' 소리 하나면
어김없이 한 명씩의 생명을 거두어갔다
병원 헬기는 바쁘게 오가고
전령(傳令)이 되어 나트랑*으로 가는 헬기에 오르니
두 명의 전우가 판초 우의에 싸여
얼어붙은 채 뉘어져 있다

누가 시신을 무섭다 했는가 비행기가 뜨자
모들들 거수경례를 하고
갑자기 내 운명도
그들을 따라 어디론지 실려가고 있구나 목이 메었다
전우여 억울하신가 대답하게나
자유 수호는 허울 좋은 개살구 이름
너와 나는 연약한 배달의 자식
누구를 위하여 피 흘리는지

이제 나트랑 십자성부대 화장터

불에 그을어 남은 한 줌의 재로 그대 돌아갈

고향 하늘

하얀 마스크의 운구병들 잘 길들여진

걸음걸이 따라

삼십 센티 채 못 되는 흙 속에

진혼곡 날라리 소리 몇 개, 통곡하는 가족의

울음소리도 몇 낱 붙여 그렇게 묻힐 것이 아닌가

죽음은 어디서 올지 모르고

설령 내게는 허무한 끝이 없게

운명의 문을 당겼다 늦추시는 하나님께 오래오래

비겁한 기도를 하였다

원통하게 죽은 전우는 누워 말이 없고

* 나트랑(냐짱) : 베트남의 중부 휴양도시. 국군병원이 있었음.

땅에서도 구름이 피어오를 줄

236기지의
수없이 뚫린 동굴과 가시나무와
가슴으로 등으로 스멀스멀 기어드는 산거머리와
바보들만 잡는다는 부비트랩과
입술을 당기는 심한 목마름과 이제는
지친 병사의 머리 위로
어디서 쏘아대는지 81밀리 미제 박격포가
82밀리 적들의 포신을 빌려 날아들었다

사상자는 늘자 병원 헬기가 바빠
산을 오르내리고
조이는 건 적의 목이 아니라 우리들의 목덜미였다
희미한 전과와 늘어가는 아군의 피해
진격중지명령을 내린 후
융단폭격*을 신청하고 먼 나라의 명령을 기다렸다

선풍기가 덜덜거리며
더운 바람만 뿜어대는 상황실 우리들은

붉은 오일 펜으로 네모난 선을 굵게 긋고는
보병들에게 물러서라는 전언을 하달했다

이 음모를 알 수 있을까
바위틈이나 진흙 동굴 속에서 목을 내민 해방전사들은
AK 소총이나 체코산(産) 저격용 소총을 치켜든 채
소리 높여 환호했을까
영문 모를 아군 또한 미치도록 뜨거운 땡볕을 피해
대정글 나무 그루터기에 앉아
가시에 할퀸 상처를 동여매고 있을까

육이오 민족전쟁 때 왜관 철교 북쪽 산등성이나
골짜기에 진을 치고
낙동강으로 밀려들던 북한군, 그들 머리 위로
B29 폭격기 아흔아홉 대가 날아와
풀과 나무와 단단한 바위도 한 줌 흙으로 만들어
이십여 년이 지난
지금도 소생할 수 없는 황무지

융단폭격. 그들 말로는 Carpet Bombing

그 폭격은 아침 여덟 시
어디서 날아왔는지 B-52 중폭격기들의 소리, 구름은
하늘에서만 아니라 땅에서도 피어오름을 보았다

* 융단폭격(carpet bombing) : 대형 폭격기가 한정된 지역에 막대한 양
의 폭탄을 투하하여 전면적인 탄막을 형성함으로써 완전히 화력으
로 덮어버리는 폭격 방법.

캄란만 수진마을*

차를 세우고 햇볕에 끓는 모래를 보며
M-16 소총으로 야자열매에 구멍을 뚫었다

수송차량 경계병에 끼이는 신나는 하루
군표 몇 달러와
이천 피아스타를
땀 전 군복 바지에 쑤셔 넣고 수진 마을로 갔다

여자의 음부 같은 캄란만 저켠
캄란항(港)이 있고
황토색 모래에
황토색으로 위장한 미군 막사에서
황토 먼지를 일으키며 지프차가 달린다

비스듬히 기대선 흑인 병사는
미지근한 베트남 맥주를 마시는 우리들을
측은한 듯 쳐다보았고
개새꺄 왜 쳐다봐

모국어로 욕을 해도 빙그레 웃기만 했다

백마 30연대 기지를 지나면
헌병 백차의 사이렌 소리, 호각 소리 들리고
서둘러
오백 피아스타로 여자를 사러 갔다

나는 군인 교회 총무, 소총을 세우고
그들의 한낮을 지키면
헤이 킴 평창* 이리 오셔 나 좋아요
이국 병사의 정욕과
축축한 검은색 아오자이를 들어
허연 속살을 내보였다 현기증이 나
얼른 고개를 돌렸지만
수진 마을의 여인이여 우리는 결코
그대들을 창녀라 하지 않는다

흰 살 사이의 청결한 이빨로

자근자근 물어뜯는 위안(慰安),

일이 끝난

병사들의 샤워 소리가 너무 가깝게 들렸다

* 수진마을 : 소쩐마을. 백마 30연대 본부 부근에 있으며 군인을 대상
  으로 영업하는 위안부들이 많이 거주함.
* 킴 평창 : '김 병장'의 현지어 표기.

우리에게 175밀리 곡사포만 주어진다면

정부군 바스톤 화력 기지*가
북부 베트남군에게 실함(失陷)되자
죽일 놈들의 정부군들은 맨발로 도망쳤다

그들 머리 위로
그들이 두고 온 미국의 175밀리 포탄들이
두두두두 쏟아지고
결국 그들은 그들의 포탄에 의해 죽어갔다

오오, 미국이여
우리에게 175밀리 곡사포가 주어진다면
헛된 피 흘리지 않아도 될 것을
이제 넘겨진
175밀리 포신이 우리 쪽으로 불을 뿜으면
105밀리, 155밀리 포로
응사할 건가 아니면 참호 속에 납작 엎드려
세월아 가거라 날나리만 불 것인가

우리에게 175밀리 곡사포가 주어진다면

헛된 피 흘리지 않아도 좋을 것을

* 바스톤 화력 기지 : 중부 베트남의 화력 기지, 북부 베트남 해방군에
  게 빼앗긴 많은 화력 기지 중의 하나임.

우기가 끝나고

우기엔 전쟁도 소강상태
베트콩들은 바위 틈새에서 꼼짝 않았고 우리들은
소규모 매복 작전으로
더욱 허리띠를 조여야 했다

물에 잠긴 논들 위로 작은 배들 떠다니고
내무반 침실로 기어들던 도마뱀들
썩은 나무 등걸에서 집게를 쳐드는 전갈
풀숲에서 독 오른 청사를 만나기도 했다

연병장 강당 계단에 턱 괴고 앉아
하염없이 내리는 빗줄기를 보며
두고 온 고향 생각도 했다
오오, 그 학교 수음지(樹陰地)엔 하얀 개망초꽃
두고 온 내 아이들도 떠올렸다

이제 우기가 끝나면 바쁠 것인가
녹슨 총구멍을 쑤시며 보병들은

정글을 기는 꿈에 몸서리를 치겠다
그래도 나는 지하 벙커에서
빨간 견출지로 만든 적정(敵情)을 떼었다 붙였다 했다

또 누가 이 전쟁에서 쓰러져갈까
이역, 남의 나라 전투에 끼여 한 많은 가슴을
두드릴 것인가

소나기에 잘 길들여진 베트남의 땅덩이며
무덥고 길던 조국의 장마
그 진창길도 생각했다
낙동강이여 황톳물에 떠내려 보내던 세월이며
산사태로 묻힌 마을과
불통되던 전화기와 끊긴 도로며

이제 우기가 끝나고 우리들은
몇 개월 후의 철수를 위해 비벼대야 한다
어쨌건 바빠질 것이다

스팀베이스

사이공이나 나트랑의 큰 도회지
돈 많은 권력가나 스님이거나
눈먼 돈을 마구 뿌리는 미군이나
소총이나 의약품이나 차량 기름을 훔쳐 판
한국군 도적놈들이
질펀하게 마시고 취하면 가는
그 많다는 천국놀음들 중
그래도 여기만은 꼭 가봐야 촌놈 신세를 면한다고
큰소리치던 스팀베이스*

화끈한 증기탕 안에는
수건 두른 알몸의 미녀가 있고 그네들 손가락에
나긋해진 몸
한 장 수건마저 훌훌 벗어던지면
더블베드 출렁대는 소리

외출에서 돌아온 손 하사의 이야기에
나는 주눅이 든 촌뜨기

그걸 면하려고 얼마나 별렀는데 결국

귀국 명령을 받았고

* 스팀베이스 : 증기탕을 말하나 일종의 매춘이 거래되는 장소.

사원에서 만난 월남 여인

전승탑 아래 사원 뜰을 걸으면
땀이 배어 끈적끈적한 정글복 안으로
독경 소리가 또 배인다

베트콩의 포격으로 쪼개어진
오래된 나무 얕은 그루터기에 앉아
아직 남아 있는 화약 냄새를 느끼며
지나치는 승려들을 본다
노란 장삼 자락 무겁게 끌며
어두운 얼굴의 그들은 어디서 오는 길일까
어디서 찢기인 마을 사람들의 가슴을
달래고 오는 길일까
우리들은 철모를 벗어 안았다

한 줄기 스콜이 지나려는지
이내 구름 끼고 굵은 비 내려
본전(本殿) 처마 아래 몸을 옮겼다
안에는 월남 여인 두엇, 합장한 채 엎드려
일어설 줄 모르고
검은 아오자이 사이로 빠져나온
약하디약한 그들의 발바닥

여인이여 누구를 위하여 기도하시는가
설움으로 들썩이는 어깨가 애처로웠다

일어나 향불을 지피고
다시 합장한 후 돌아서며 놀란 듯 눈물을 훔치고
한동안 우리들을 쳐다보았다
검은 아오자이 긴 머리칼 사이로
희디흰 얼굴 그리고 눈빛
얼른 우리들도 고개를 돌렸고
피우던 담배를 황급히 비벼 껐지만

웬일일까 끼치는 소름이
방탄조끼 땀 젖은 군복 안으로 파고들었다
아직 물이 빠지지 않아 질펀거리는
사원 붉은 길을 쫓기듯 빠져나왔지만
우리들에게 무슨 한이 있었기에
알 수 없는 월남 여인네의 원망스런 눈빛은

부대로 돌아오는 트럭 속에서도
돌아와 누운 침대 위에서도
땀 절은 군복 상의 가슴 쪽에 오래 묻어 있을 줄

조국 안부

친구여 불알친구여
스물네 살에 새마을지도자 된 고향 친구여
고속도로 변의 지붕 개량은 어찌 됐는가
겉치레 겉치레로 분칠하던 새마을운동은
잘 돼 가시는지

제4부

피리는 불어도 가는 세월을 위하여

누가 이토록 멋진 이름을 만들었나
아리랑 하고도 하우스
달러를 걸쳐 입은 우리들 꼴이다

연대 기지에서 놀러 온
파월 동기들과 호주산(産) 육회를 시키고
크라운맥주를 마셨다 아직 해는 길어
선풍기는 더운 바람만 뿌려댔다
이 병장은 제주도 출신 농과대학생
권 상병은 강원도 거진의 어부
최 병장은 전라도 어디 농산물검사소 직원
나는 경북 산골의 국민학교 교사

그러나 지금은 모두 따이한
그 이름도 거룩한 자유의 십자군들
월남 종업원의 야윈 가슴을 쳐다보며
청자 담배를 빨았다
얼어붙은 맥주를 마시다 흥이 나면

어디로 가는 배냐 황포 돛대도 외쳐대고
쑤이까이 망망 계곡에서 전사한
신 병장 이야기에 고개도 떨구었다

살아 있어 마시는 맥주 맛이 어떠냐
따지고 보면 우리들 목숨도 맥주 거품
일순 사라질 것들이 아니냐
갑자기
월남 처녀의 야윈 가슴을 만지고 싶어졌다
살아 있어 마시는 맥주 맛이 어떠냐
빈 깡통 숫자들이 어둠을 불러들이고
내일이면 너희들은 모두 떠난다

너는 도깨비 28연대
너는 박쥐 29연대
너는 동보 30연대로
며칠 남은 날을 채우러 갈 것이다
꼭 살아야 한다

저기 들려오는 수송선 바렛호 엔진 소리

들리지 않느냐 일어서면서

맥주 캔을 높이 들었다

자, 가는 세월을 위하여

좆피리는 불어도 가는, 가는 세월을 위하여

둑민촌*의 폐허가 된 시골 국민학교

교정에 부는 더운 바람 종소리도 없고
엊저녁 베트콩이 진을 쳤다는
운동장의 풀들이 마르고 있다

발이 너른 아이들은 어디 갔을까
깨어진 유리창에 반사되는 햇빛들
맥없이 무너지는 나라의 설움으로
운동장의 풀이 마르고 있다

나 또한 가난한 나라의 선생
두고 온 까만 아이들도 있고
꽁보리밥 도시락에 부끄러워하는
산골 아이들도 있고

희망 없이 끝나가는 전장의 어느 곳
아이들아 소를 쫓느냐 네 아비의
동강난 팔다리를 주무르느냐

교정에 부는 더운 바람 종소리도 없고

엊저녁 베트콩이 진을 쳤다는

아아, 운동장의 풀들이 마르고 있다

* 둑민촌 : 백마 29연대 작전 지역이었는데 마을 이름이 불분명하
여 자의적으로 씀.

미군 헬기 장교들의 장례식

며칠 후, 며칠 후 요단강 건너가 만나리
헬기 중대의 농구장에서
키 큰 병사들
철모를 겨드랑이에 끼고 군목의 영결사를 듣는다

죽은 이들은 그들의 성조기에 싸여
반전 데모가 한창인 그들의 나라
먼 나라로 갈 준비가 끝나자
하늘에 걸린 붉은 노을

너무 젊어 하얀 얼굴에 박힌 턱수염들
고향은 어딘가 캘리포니아
고향은 어디인가 텍사스
뉴저지, 메사추세츠 알 바 없지만
비슷한 나이 또래의 뜨거운 젊음을 가진 사내들

동보산 전투에서 부상당한 한국군
그들을 구하러 날아들다 비록
적들의 마구잡이 총질에 걸려들었다

죽은 장교여 코리아의 한낮을 아시는가
이태원에서 캠프캐롤에서 캠프헨리*
양색시의 가슴을 주무르며
낮술에 취해 비틀대던 미군들, 오만하던
그대 동료들을 보면
터져 나오는 구토에 목이 아플 때도 있었다

이제 그대 꼭 감은 눈에 다문 입술로
죽어 돌아갈 고향은 어디?

가는 햇살이
꽂힌 소총에 걸린 철모에 녹아내리는
이 이국의 해 질 녘에

* 캠프캐롤, 캠프헨리 : 각각 왜관과 대구에 주둔하고 있는 미군 부대
  이름.

베트남의 아이들에게

그들의 아버지가 아니더라도 여기 헐벗은
아이들을 보면
담배 조르며 손 내미는 아이들을 보면
육이오로 헝클어진 길바닥에서
부서진 집터나
돌무더기 위에서
"Give me Tobacco"를 외치며 손 내밀었을
내 형제들을 생각할 수밖에

보릿고개로 얼룩졌을 내 아버지의 유년
누군가
술 익는 저녁노을이라고 거짓부렁을 하던 시절
가야산 소나무 그루터기에
문신(文身)을 새기고 갓 결혼한 새색시 어머니는
허연 밀가루로 송기죽을 끓였다던가

강냉이 죽에 허기졌던 내 어린 날
생우유 가루에 뒷간을 들락거렸던 시절도
떠오른다 검정 고무신과
연필 달강거리는 양철 필통과 책보자기

명절 때마다 힘겹게 졸라 입던
물 잘 빠지던 무명옷 설빔을 입고 비 맞으면
가슴도 고추도 다리도 발등도 온통
검정색이었단다 얘들아

치부해 번들거리는 이마 하며
잘 찐 살덩이로 뒤뚱대는 스님들
고관들이 몸 흔드는 동커이*의 베트남이여
전쟁 수행 중이라고 전쟁은
따이한이 수행 중

아아, 썩어 문드러진 나라
그래도
땟국에 절어 깡마른 몸의 너희들을 보면
맑고 큰 눈망울에 고이는 설움들을 보면
괜찮아, 괜찮아
착한 내 아이들, 베트남 아이들을 보면

* 동커이 : 호치민 시의 변화가.

농부와 시인

메뚜기 떼의 기습으로 황폐해진
논, 농부들이 한숨을 뿌릴 때 뜨덕제(帝)는
자신의 능(陵) 공사로
지친 농부들을 부렸다
그때 시인 까오 바 꽛*은
기근이 든 후에 왕조의 한 저물녘에
농민반란을 일으키고
수년 동안 황적(蝗賊)*이 된 시인 부대들은
끝내 제풀에 나자빠졌다

어디 죽어서도 눈을 감을 수 있었겠느냐
오늘도 후예들은 작은 낫으로 벼의 목을 자르거나
걷기, 그 뜨거운 한낮
땅콩 밭을 매거나 했다
관리들은 황금 맛에 절뚝이고 살찐 돌중들은
사원의 그늘에서
또 무슨 그늘을 만드는지

오늘 또 어디서 비적들이 기어들어

쌀을 빼앗고, 젊은 계집들을 빼앗고
목숨까지 빼앗을지도 모르는 곳에서
쓸 만한 젊은이들은 군인이었거나 죽었거나
베트콩으로 숨어들었거나
노인네들은 땅을 지키며
한많은 빈랑 열매를 질근거렸다

한갓 출세의 방편으로 시를 긁적이며
농촌을 아름답다고 외치는
조국 코리아의 엉터리 시인들이여
그들이나 우리가 다를 게 무에 있느냐
아직도 고부군수 조병갑이 득시글거리는 조국
우리들의 녹두장군은 어디 있는지

아아, 시인 까오 바 꽛이여

* 까오 바 꽛 : 후에 왕조 뜨덕제의 횡포에 농민반란을 일으킨 베트남
  시인.
* 황적(蝗賊) : 메뚜기 부대.

혼헤오산

105밀리 직사포 사격으로
반짝이던 혼헤오의 불빛이 흩어졌다
흩어지는 불빛을 보며
미국산(産) 무기를 다루는 따이한들의 솜씨
참 기가 막혔다 감탄할 수밖에

건너 보이는
이 밤 검어 적막한 혼헤오여
우기에는 섬 되어 떠다니고
양산박 앞 바다인가
농부들, 물에 잠긴 논 위에 배를 띄우다니

이 잡듯 뒤져도 어디 숨을 곳이 있었던지
생쌀을 씹다 질려 저녁밥을 짓는가
부서진 불빛 곁에서
또 몇 명의 해방전사들이 죽어 나자빠졌는지

그래도 아름답다 혼헤오를 보면
까맣게 해 지는 저녁 무렵 산 아래 너른 들판
몰려다니는
정든 물소들을 보면

송카우 계곡의 저녁노을

갈대숲에 달빛 내린 걸 본 적 없지만
저녁노을에 잠겨 아름다운
송카우여, 물소들이 몰려와 목을 축이고
이름 모를 새들도 운다
낚싯대를 드리운 강태공은 없지만
피멍울 진 민병대원의 시체가 떠오른 날
남편 따라 뛰어들어 죽은
아낙이 머리 푼 채 떠오르기도 했다지만
흘러 흘러서 살아 있는 강물이며
피비린내 나는 역사의 가슴을 흘러
어린 한국군의
갑갑한 속마음도 씻어내릴 것
달빛이 갈대숲에 내리는 걸 본 적 없지만
아름다워라
저녁노을 잠기는 송카우 계곡이여

몽타냐족*에게

달라트시*를 싸고 있는 중부 고원지대에
그들 나라 백성이면서도
그들 나라 주민증 하나 없는 산지민(山地民)
몽타냐족이 살고 있다

비문명의 짙은 그늘에서
문명은 거추장스런 수식어로 목을 조일 뿐
오늘도 정글의 잡목에 불을 지르고
남은 토양만큼의 고구마와 땅콩과
물 고이면 산볍씨도 뿌리다 한 철 가면
거친 손바닥 훌훌 털고
몸뚱이보다 더 긴 가인에 힘겹지만
휘청거리며 가시에 긁히며
또 다른 땅을 찾아 대열을 이룬다

정부군들이 전략을 위하여
농군들을 강제로 모아 만든 정착촌도 부서지고
빈 촌락 하나 제대로 가질 수 없는

자라이, 라데, 므엉*이라는 종족들의
설운 이름도
흐르는 물 때로는 멈추듯
그렇게 만들어진 것일까

오늘도 그대들을 불사르기 위해
미군이 산기슭에 흐드러지게 들이부은
수만 드럼의 휘발유나 벙커시유*
그 메스꺼움 아래 퍼대고 앉아
말라붙은 젖꼭지를 깡마른 새끼들의
입에 물린 채 남모르게 신음하는
착한 어미들 있음을 나도 안다

길게 늘어뜨려 연약한 머리칼
한(恨)으로 한으로 살아 있어 더욱 설운 이름
바람에 흩날리는 이름 모이(蠻夷)*
바꾸어 손가락질로 야만인이라 하지만
알 수 없는 곳에서의 낯선 총질에

시도 때도 없이 나자빠지기도 했지만

소정글의 이쪽저쪽에다

건초 더미 아름드리 쌓아놓고 돌을 두드리거나

마른 나무토막을 빛나게 비벼대는

그대 몽타냐여 그대 몽타냐여

전선이 없는 전쟁의 한가운데서도

끝끝내 지워지지 않을 선량한 백성임을

내 동료들도 안다

* 몽타냐족 : 베트남의 소수민족. 프랑스는 이들을 산지민(Montagnards)
  이라고 불렀으며 베트남인들도 모이(蠻夷)라고 경멸조로 부름.
* 달라트(달랏)시 : 베트남 중부 고원지대에 있는 도시 이름.
* 자라이, 라데, 므엉 : 베트남 산지의 소수민족.
* 고엽제를 뿌린 산에다 수만 드럼의 휘발유나 벙커시유를 뿌려 불을
  지르는 가장 악랄한 미군의 전술.
* 모이(蠻夷) : 야만족이라는 뜻의 베트남어.

포경수술, 드디어 귀국 명령

2달러 40센트짜리 맥주 한 박스를 주고
포사령부 의무실에서
위생병의 집도로 포경수술을 했다
꿰맨 자리가 재수 없게 곪아
어기적거리며 걷던 어느 날 보병 제9사단
백마사령부 강당에서 마지막 위문공연을 보았다

어깨동무를 하거나 팔짱을 낀 수색중대원들이
인천의 성냥공장, 성냥공장 아가씨를 부를 때
정보참모부 직속상관 신 중위에게 끌려 나가
구둣발로 정강이를 까였다
왜 내게 귀국 상신(上申)을 알리지 않았느냐
너는 필수 요원 의리 없는 놈
구두발질을 하던 그가 눈물을 흘리자
갑자기 기억들이 빠져나가기 시작했다

은빛 등허리 날치 날던
남지나해여, 멀미 쫓으며 씹던 오징어 다리

캄란만, 처음 만났던 이국의 바람도
교육대 지붕 위로 떨어지던 82밀리 박격포탄이며
먼저 죽은 교사 친구며, 처음 만난 베트콩과
시어 구역질나던 케이레이션
가랑이를 벌리며 춤추던 모국의 가수여

임신 중이던 여자전사의 처절한 절규며
236기지, 쑤이까이 망망
다반, 다박, 혼헤오, 동보 등
너무 낯익어 지겹던 이름들
지금 젖은 눈빛의 그 여중생은 어떻게 되었을까
동하이 휴양소 부근 마을의 비린내 나는 아낙
캄란만 수진 마을의 값싼 처녀들
단 한 번만 얼굴을 보였던 더디 가던 협궤열차

베트콩이란 이름의 해방전사들
중대본부에서 딩굴 손톱과 머리카락과
미군 헬기 장교의 죽어 더욱 하얀 얼굴과 슬픈 장례식

시골 초등학교 텅 빈 운동장
아아, 발이 너른 아이들은 어디 갔을까

아리랑, 아리랑, 아리랑 하우스도 모두 끝이다
그날 밤 신 중위와 이곳에서
오 년 된 호주산 육회를 썰어
지난 기억들에 가위표를 하며 술을 들이부었다

곪은 아래가 터져 나가는 줄도 모른 채

또이, 그녀의 일번 도로

캄란만에서 투이호아까지
달려보진 못했지만
사이공에서 하노이까지 일번 도로가 뚫려 있다고
힘주어 말하던
한때 베트남 국민학교 선생이었던 또이,
너는 어디 갔느냐

남지나해에서 초록 바다를 끼고 달리다 보면
푸른 초원과 물소 떼들과
빈랑 열매 질근대는 이빨 빠진 촌로들과
등교하는 여중생들 자전거 긴 행렬과
아아, 병풍 속 잘 그린 산수화였다 베트남

또이, 더듬거리며 한국말을 하던 여인아
이 아름다운 풍경 위에서 벌어지는 전쟁을
생각지 말자 귀를 막았지만
포격으로 부서진 다리 아래
내일 아침 죽어 떠오를지 모를 베트남 민병대원들
어설픈 손 흔듦도 본다

잘 익은 바나나며

흰 수액을 깡통에 흘리고 있는 고무나무며

이기작(二期作) 벼들이

목을 바친 시월, 습진 논배미도 텅 비었다

제9사단 정보참모부 군속이었던

또이, 얼굴이 희디흰 여인이여

조국 코리아도 한때 전쟁으로 가망 없었고

베트남 이 아름다운 지천에

누가 전쟁을 불러왔는지

이제 그대 나라는 해방이다

외적 미국의 헛된 욕심도 그 명(命)을 다했고

불쌍한 나라의 용병 한국군

불러 따이한들의 명운도 이뿐인 것을

운명처럼 오늘 도로를 싸안는 한 무리의 소나기

또이, 떠나간 그대 얼굴에

푸르게 솟던 핏줄기가 바로 일번 도로였음을

귀국 준비

남들은 비싼 휘발유를 뿌리며
나트랑, 캄란시 암시장에서 피엑스에서
무더기로 실어 나른
그 물건들은
가난한 귀국병(歸國兵) 이름으로 돌아온
코리아 시장에서
부잣집 여인네들에게 비싼 값으로 팔리면

다시 백 달러짜리 지폐 다발로 바뀌어
귀대하는 휴가병들 주머니로
다시 베트남으로 돌아오고
또 돌아가고, 돌아오고
그래서 파월 일 년 만에 집 한 채가 생기고
전답이 생긴다는 그 말이
사실이었다 너무 늦었다

내가 갖고 싶은 건 덩치 큰 집도
너댓 마지기의 전답도

품에 딱 들어오는 색시도 아니고
일금 칠십 달러면 족한
Canon QL 1.7, Made in JAPAN

현지에서 겨우 십팔 달러
이달 월급 오십사 달러 몽땅 빼내려고
달려간 경리부
송금계 임 하사 꽈배기 소리 왈(曰)
뭐, 뒷돈 안 주면 안 된다고?
더럽다 침 뱉고 나왔지만

가난한 졸병 눈에 아른거리는 카메라
있는 돈만큼 피엑스에서 산 삼십오 달러짜리
일제 올림푸스 싸구려 카메라가 찍은
내 얼굴이

정말 미친놈이었을 줄

파병, 그 팔 년의 끝에서

월맹 정규군의 구정(舊正) 대공세로
막강한 정부군 화력 기지들이 맥없이 나자빠지고
맨몸뚱이로 패주하는
그들의 뒤통수로
그들이 두고 온 175밀리 포탄이 떨어질 줄을

밤마다 조심스럽게 남하하던
호치민 루트는 자유 통행, 전황은
불길한 소문에 휩싸였다

따이한, 그들의 우방도 철수 발표를 했고
용맹스런 병사들은
교통호에서 매복호에서
몸을 사렸다 일천구백칠십이년의 건기를
귀국 박스에 못질하거나
명예로운 훈장도 꺼내 닦았다

그 이름도 찬란한 백마, 나의 부대여
어쩔 것인가 캄란만에서 투이호아

투이호아에서 퀴논, 퀴논에서
다낭으로 진군했던 귀신 잡는 해병은 벌써 떠났고

뿌린 핏방울과 땀과
한술 더하여 팔다리에 생채기를 내던 정글은
더 날선 가시를 세울 때

28연대 236기지, 쑤이까이 망망, 혼바산도
29연대 다반, 다박 계곡, 혼헤오산도
30연대 캄란만과 동보산에서
사기가 오른 해방군들
바위 동굴에 숨어 쑤셔댄 그들의 빛나는 총구가
겨눈 일천구백칠십이년 시월에

일번 공로 무수했던 우리의 전승탑들이
떨며 흔들릴 줄을
베트남 파병
그 팔 년의 끄트머리에 매달려

다시 바렛호를 타고

한때 스친 기억으로 참혹한
그곳을 떠났다 파월 동기들 몇은
죽어 보이지 않았고
또한 몇 명은 성병이 도져
수용소로 떠났다고 했다

남은 몇 개월의 군복무와
유신 투표 찬반으로 어지러운 조국의
소용돌이 속으로 배는 떠났다

우리들의 경계병들은 일찌감치
예전 우리들처럼 수진 마을 여자를 사러 가고
흰 아오자이를 입은
베트남 여인들 몇 부두에 퍼대고 앉아
눈물을 뿌렸다

살아 돌아가는 게 기쁘신가 전우여
돌아간 교실에서

해 저무는 주막 툇마루 끝에 앉아
과연 눈물을 흘릴 수 있을까
죽은 전우를 위하여

남지나해 물결을 가르며
다시 바렛호를 타고 떠나며
용케 멀미를 참으며
선상에다
우리들의 젊음, 그 아쉬움을 두고

떠나온 시월에 다시 돌아가면서

에필로그

돌아온 칠십이년의 늦가을은
유난히 추웠다
부산 보충대에서
선생 월급 열 곱절의 거금 십오만 원을 찾고
무엇이 그리 급해 안행주*도 없이
제주도로, 전라도로, 강원도로
뿔뿔이 흩어졌다

나는 시월 들국화 핀
경부고속도로의 남쪽을 그슬러
유신헌법의 찬반으로 어지럽던 한 달의 휴가를
이불 속에서 앓으며 보냈다

성치 않은 남은 석 달의 군대 생활을 위해
충남 홍성 그 추운 겨울과 씨름하며
산꼭대기 초소 공사장으로
시멘트를 져 올렸다
내무반에서 공사장에서 떨던 추운 겨울 앞서
유신 투표는

압도적으로 반대표를 찍어 누르며 통과했고
나는 한 번도 가슴을 펴지 못했다

언제부터인가 향수처럼
병든 베트남의 하늘이 떠올랐고
다시 두 달간의 군대 생활을 마감하러
당진으로 향했다

칠십삼년 정초의 혹독한 세상을
신문이 헝클이는 베트남전쟁 이야기
계속되는 구정 공세의 의미를 나는 안다
한 올 희망이 없는
베트남의 기억들로 매일이 추웠고
제대 후
다시 시골 학교로 부임하였다 그리고

내가 두고 온 베트남은 통일되었다.

* 안행주(雁行酒) : 기러기가 날아감을 의미하는 술, 즉 이별주.

베트남전쟁과 조국

김희수

1

그는 경상도 사내다. 굳이 사내라는 말을 붙이는 것은 그의 첫 인상이 듬직하고 체구가 건장하여 믿음직한 느낌을 주기 때문이다. 남도의 짭조름한 갯내음이 온몸에 흠씬 절어서일까? 다년간 교육에 종사하였음에도 그의 외모에서는 훈장 티가 전혀 나지 않으며, 오히려 우리들의 시골 고향에서나 볼 수 있는 인정 많은 종갓집 형을 연상케 한다.

그는 이미 1978년에 첫 시집 『북소리』에 이어 1984년 『농아일기』라는 역작을 내놓은 바 있다. 송구스럽게도 『북소리』라는 시집은 읽어보지 않아서 논외로 치더라도, 『농아일기』는 특수한 교육현장에서 입은 체험을 사실적으로 형상화시켰기 때문에 많은 사람들의 주목을 끌었을 것으로 짐작한다. 이 책을 읽으면서 필자는 이 땅에 사는 모든 사람들이 농아일지도 모른다는 생각을 한 적이 있다.

각설하고 그의 시는 무슨 거대한 이념이라든가 정신이라든가

신이라든가 하는 것들이 인간을 규정해버리는, 독자에게 피곤과 부담을 주는 그런 시가 아니다. 월남전, 그 극한 상황 속에서 악전 고투하면서 그가 겪은 대로 본 대로 그냥 쓰고 있는 것이다. 물론 그 속에 조금의 주제의식과 약간의 고발이나 비판 정신은 양념에 불과할 뿐이고 이 시의 본령은 아니다. 그의 시는 아무런 부담 없이 읽힐 수 있는 시이며 독자로 하여금 상상의 유희에 빠지지 않게 하고 삶의 본질에 쉽게 직면하게 하는 그런 시이다.

"너절하고 따분한 경험의 실체가 곧 나의 시이며 결국 투박한 언어의 세계에 머물지라도 경험 이외의 어느 것도 용납하지 않으리라"라고 『농아일기』 첫머리에 그의 시론을 밝힌 바처럼 일찍부터 그의 시는 철저한 자기 체험의 기록이요 증명인 것이다.

그리고 이러한 체험의 시는 작가의 성실한 삶에서 탄생하는 것이며, 나아가 기발한 문학적 상상도 자기 체험의 범주에서 멀리 떨어져 있는 것은 아니다. 우리는 도리어 고매한 시정신으로 무장된, 시인 자신만이 아는 고답적 상상의 시에서 허위와 위선을 보게 되는 것이다.

2

아시다시피 베트남전은 악질적인 제국주의가 자행하는 이윤추구의 전쟁은 아니다. 월남과 월맹이 동족이라는 차원에서 본다면 민족해방과 독립을 위한 전쟁이었다. 다시 말하면 우리처럼 식민지의 그늘에 덮여서 강대국의 술수에 놀아난 민족으로서, 참다운 해방과 민족통일이라는 인간다운 숙제를 풀기 위한 필연성과 함께 그 정당성을 보게 되는 것이다. 또한 전쟁이라고 해서 모든 전쟁이 폭력은 아닐 것이다.

이때 폭력이라는 말은 강대국의 개입으로 전쟁이 확대될 때부터 사용되어야 한다. 당시 남의 사주에 의해 부득이 월남전에 참전한 우리로서는 그 갈등을 겪을 수밖에 없었다. 그러므로 김태수 시인의 고뇌는 남의 싸움에 뛰어들어 뒤통수가 깨지는 인간적 갈등 속에서 발생하게 되는 것이다.

> 무덤 속에서도 보름 동안은 자란다는
> 머리칼과 손톱을 잘라
> 봉투에다 넣고
> 경상북도 칠곡군 왜관읍 왜관 6동 번지를 썼다
> 중대본부에 반납하고 돌아온 저녁
> 폭음을 했다 계집애처럼 울면서
>
> 월맹 정규군
> 프랑스군을 궤멸시킨 그것도 3개 사단이 집결한
> 콘툼과 플레이쿠를 연결한 19번 공로(公路)
> 생의 끝일 수도 있는 콘툼플레이쿠 개통작전에
> 선발대로 출정 명령을 받았다
> 이제 내 일생도 끝으로 가는구나
> 잘 있게 나를 떠나간 손톱이며 머리칼이며
> 남은 한 낮과 한 밤이면
> 이 회의 또한 끝이려니
> 갑자기 머리가 쑤셔왔다
>
> 패주하는 부대는 누가 지휘하는 어느 부대냐

갑자기 나붙은
격문들에 고개 갸웃대며 보병들은
속속 사단 연병장으로 모여들고
꿈속에서들 알았으랴 이 엄청난 음모를

호치민 루트는 아무도 끊을 수 없는 길
대정글의 빠끔한 구멍으로 연이어 내려오는 월맹 트럭들
대리전쟁의 또 다른 대리전쟁에서
콸콸콸 쏟아지는 약소국 젊은이들의 피
피를 멈추게 할 수는 없는 일

오늘 중대본부에 반납한
내 생명을 되돌려다오
거대한 나라, 거대한 주인의 나라 미국아

―「머리칼과 손톱」 전문

며칠 후, 며칠 후 요단강 건너가 만나리
헬기 중대의 농구장에서
키 큰 병사들
철모를 겨드랑이에 끼고 군목의 영결사를 듣는다

죽은 이들은 그들의 성조기에 싸여
반전 데모가 한창인 그들의 나라
먼 나라로 갈 준비가 끝나자
하늘에 걸린 붉은 노을

너무 젊어 하얀 얼굴에 박힌 턱수염들
고향은 어딘가 캘리포니아
고향은 어디인가 텍사스

뉴저지, 메사추세츠 알 바 없지만
비슷한 나이 또래의 뜨거운 젊음을 가진 사내들

동보산 전투에서 부상당한 한국군
그들을 구하러 날아들다 비록
적들의 마구잡이 총질에 걸려들었다

죽은 장교여 코리아의 한낮을 아시는가
이태원에서 캠프캐롤에서 캠프헨리
양색시의 가슴을 주무르며
낮술에 취해 비틀대던 미군들, 오만하던
그대 동료들을 보면
터져 나오는 구토에 목이 아플 때도 있었다

이제 그대 꼭 감은 눈에 다문 입술로
죽어 돌아갈 고향은 어디?

가는 햇살이
꽂힌 소총에 걸린 철모에 녹아내리는
이 이국의 해 질 녘에
— 「미군 헬기 장교들의 장례식」 전문

　그는 월남전을 대리전쟁이라고 규정하고 분노하면서 그 대리전쟁의 와중에서 전쟁의 허위를 보는 것이다. 그의 주위에 많은 전우들이 하나하나 거꾸러질 때, 그 책임은 누구에게 있는 것이며 무엇 때문에 누구를 위하여 피를 흘려야 하는지를 그는 생각한다. 그리고 그는 어떤 이데올로기를 획득하고 그것만이 진리라는 확신이 서 있는 위대한 사상가도 아니며 그렇다고 전략과 전술에 능

통한 장군도 아니다. 그는 다만 국가의 부름으로 3년 의무기간 중에 1년을 국가를 위해 봉사해야 하는 대한민국 육군 쫄짜로서 참전했다. 그렇기 때문에 그가 겪은 전쟁의 참상과 허위에 대해서 누구보다도 순수한 인간적 차원에서 객관적으로 기술할 수 있었던 것이다.

아무튼 대리전쟁으로 인한 피해 보상의 책임을 미국에게 돌리면서 강대국의 횡포를 준엄하게 힐책하고 있다. 이태원 주변의 미군 병사들을 보고 '구토'를 느꼈던 것이며, 자유 수호라는 미명 아래 약소국의 젊은이로서 도구화되고 있다는 자의식이 싹트고 있는 것이다. 그리고 이 같은 자의식은 애당초 그가 미국인이 아니고 월남인도 아닌 한국인이라는 점에서 지극히 당연한 것이다.

이런 관점에서 본다면 그는 강렬한 민족주의자임이 분명해진다. 그는 타국의 전쟁터에서 그와 똑같은 상황에 직면한 조국을 본다. 돌아보면 남의 손에 의하여 해방되고 40년 동안 무엇 하나 반듯하게 이 땅에 이루어진 적이 있었는가! 재주는 우리가 부리고 엉뚱한 놈이 이익을 탈취해가고, 우리는 우리 일을 우리가 주체적으로 결정하고 실행해왔는가. 남의 장단에 박수치며, 남의 눈치에 민감하지 않았는가 하는 자성과 경각심에 이르게 한다.

> 악착같이 살아야 한다
> 서울 명동, 광주의 충장로가 아니더라도
> 자갈논배미 비탈 밭 긴 사래에 시달리고
> 공사장 막노동에도 저무는 하루
> 피리는 불어도 가는 세월, 살아 돌아가야 한다
> ―「무공훈장은 누구의 가슴에든 빛나리」 부분

아무렇게나 발췌한 위의 시편들을 보면 그가 이 전쟁에 참전한 동기나 목적의식이 모호하다. 악착같이 살아서 고국으로 돌아가야 한다는 인간적 갈망이 넘치고 있을 뿐이다. 전공을 올려 무공훈장을 받는 일조차 얼마나 부질없는 일이라는 것을 그는 간파하고 있다. 비단 김태수 시인뿐만 아니라 당시 참전했던 이 땅의 병사들의 한결같은 감정이었을 것이다.

싸워야 한다는 목적과 목표가 결여된 전쟁은 결코 승리하지 못한다. 이런 의미에서 당시 월남전의 종말적 허무와 패망의 숙명성을 보게 된다. 더구나 조국의 민족통일에는 일보의 진전도 없이 남의 싸움에 감 놓아라 배 놓아라 하는 일이 부끄럽게 느껴짐은 자명하다 할 것이다. 앞서 언급한 것처럼 그의 갈등의 시발점은 월남전이었다 치더라도, 그 귀착점은 도리어 조국에 대한 역사적 갈등으로 승화된다.

> 전우여 억울하신가 대답하게나
> 자유 수호는 허울 좋은 개살구 이름
> 너와 나는 연약한 배달의 자식
> 누구를 위하여 피 흘리는지
>
> ─「비겁한 기도」부분

에서처럼 그의 시는 월남전에 대한 단순한 노래가 아니다. 그 이면에 조국의 현실이 항상 작용하고 있는 것이다. 일제치하의 오욕과 6·25로 인한 갈등이 범벅이 되어 강렬한 현장감과 긴박감으로 이끌어준다.

마지막으로 이 시집에서 배울 수 있는 교훈적인 요소를 보기로

하자. 왜 남부 베트남은 전쟁에서 질 수밖에 없었으며 그 실상은
어떠했는가 하는 점을 오늘의 우리 시점에서 고찰할 수 있으리라.

　　　다반 계곡을 따라 흐르는 물은
　　　남지나해 그 바다로 간다
　　　통킹만이 환히 보이는 곳에
　　　닌딘 마을,
　　　남정네들은 정부군이거나 베트콩이거나 죽었거나
　　　베트남민족해방전사이거나
　　　일 번 공로(公路) 위의 모든 마을들이 그렇듯
　　　과부촌이라 불렀다

　　　이 속에도 어김없이 해는 지고 뜨고
　　　달 밝은 밤은 먼 고향 할머니
　　　며느리 앉히고 두드리는 다듬이소리, 그런 소리도
　　　들릴 법 했다
　　　돌아올 자식을 기다리는가
　　　노인들은 질기디질긴 전쟁의 그늘에
　　　쪼그리고 앉아
　　　질근질근 피빛 붉은 빈랑 열매를 씹고

　　　해방 이후 내 조국 코리아가 그랬듯
　　　한 자식 놈은 정부군 장교, 또 한 자식 놈은
　　　남베트남민족해방전사
　　　평생을 걱정으로 찌들어
　　　먹을 것 없는 안남미를 쪼개어 양쪽에다
　　　세금을 바치는 가정도 여러 집 있다고 했다

보병 제9사단 사령부의 열 겹 철조망
묻힌 지뢰에 마을의 똥개들이 횡사하는 닌딘 마을
한 주일에 한 번씩의 매복 날
독산 럼주에다
바나나를 사다 나르기도 하고
젊은 과수댁과 숫제 하룻밤 신나는 매복을 했다는
전설(前說)도 있다

어떨 때는 뒤뜰 칼 가는 소리
어떤 때는 살며시 산을 내려서는 전사들의
조심조심 걷는 구두 발자국 소리
진입로를 차단한 한국군 청음초의 매복에
혼줄 끊긴 해방전사들 먹이러
쌀자루를 지고 끙끙대며
산을 오르는
육순 노파의 굽은 등허리도 보았다 한다

너무 가까이 있어 두려움을 덜기도 하지만
닌딘 마을이여
다반, 다비아, 혼바산 계곡에 산재한 해방전사들에게
화해의 등불을 내걸었는가
밤이면 처녀들은 닌호아 읍내로 숨어들고 아침이면
발이 너른 아이들이
습지로 물소 떼를 내몰기도 했다

혼헤오산에서 되받쳐 오는 더운 바람맞이에서
닌딘 마을아, 이중고에 떠는
내가 처음 남베트남 해방전사와 마주쳤던

— 「닌딘 마을」 전문

어쩌면 6·25의 현실과 똑같은가! 형이 아우를 죽이고 사상이라는 허울 좋은 이름 아래 인간의 가장 근본적인 윤리가 와해되어버리는 시절을 시인은 참담하게 연상하고 있는 것인가! 월남 해방이후 10여 년이 지난 오늘날에도 월남전에 대한 우리의 평가는 극단적인 양면성을 지니고 있다. 민족적인 관점과 이데올로기적 관점이 첨예하게 상충되고 있다.

밤 초소 근무를 끝내고
이슬 촉촉한 풀숲 길을 지나 막사로 가는 길
언덕 아스팔트길을 따라 오르다 보면
술에 취해 흐느적거리는 확성기 소리를
종종 들을 수 있었다

미군 헬기 중대 곁, 걸음 멈추면
"Hay Korean Army, come on, come on"
어둠 속에서 더욱 어두운
흑인 장교, 맥주 묻은 손으로 잡아끌어 들어서면
그곳에서 노래하는 동양 여인들

이제 막 하나 남은 속옷을 벗어던지고
환각 조명에 몸을 맡기고
현란하게 가랑이를 흔들고 있었다 사타구니 사이로
목을 들이밀며 미군 병사들은 낄낄거렸고
손에 쥐어진 한 줌의 지폐와 마이크
도대체 너의 국적은 어디인가
나는 막사를 빠져나와 뛰었고
"Sergeant Kim, come on, come on"

흑인 장교도 따라 나왔지만

쫓겨 가는 뒷머리에 차갑게 쏟아지는 웃음
그날 밤은 미열에 몸을 떨었다
눈 감아도 가까이 다가드는
광란의 몸 흔듦, 벗은 속곳에서 흩날리던 미국의 지폐들
어디 더 먼 곳으로 도망치고 싶었다

침략으로 얼룩진 조국의 역사 속
정조 잃고 혀 깨물던 흰 옷 여인과 가랑이 흔들던
나체의 여인이
자꾸 범벅되어 다가섰다

혹시 그녀는 유명 가수였을까
어쨌든 조국 코리아의 여인임은 틀림없었고
"Sergeant Kim, Sergeant Kim"
부르며 쫓아 나오던

이빨 하얀 그 흑인 장교 품에서
잠들고 있을지도

　　　　　　　　　　　　　―「동남아 순회공연?」 전문

　이 문제는 여기에서 논외로 미루더라도 한 가지 분명한 것은 월
남 패망 직전의 그 나라 국민의 흥청거림과 관리들의 부패, 윤리
적 타락, '양키 고 홈'을 외쳤을 정도의 이질적 세계관은 우리로서
도 결코 좌시해서는 안 된다. 인용된 시는 우리들을 가슴 아프게
한다. 오죽하면 도망치고 싶었을까? 동족의 여인이 미군 병사 앞

에 추태를 부리는 모습을 보고 그 옛날 지조의 나라 정조의 나라
라고 자부했던 사실에 비추어보면 일말의 격세지감과 아울러 통
분에 휘말리게 한다.

3

달라트시를 싸고 있는 중부 고원지대에
그들 나라 백성이면서도
그들 나라 주민증 하나 없는 산지민(山地民)
몽타냐족이 살고 있다

비문명의 짙은 그늘에서
문명은 거추장스런 수식어로 목을 조일 뿐
오늘도 정글의 잡목에 불을 지르고
남은 토양만큼의 고구마와 땅콩과
물 고이면 산볍씨도 뿌리다 한 철 가면
거친 손바닥 훌훌 털고
몸뚱이보다 더 긴 가인에 힘겹지만
휘청거리며 가시에 긁히며
또 다른 땅을 찾아 대열을 이룬다

정부군들이 전략을 위하여
농군들을 강제로 모아 만든 정착촌도 부서지고
빈 촌락 하나 제대로 가질 수 없는
자라이, 라데, 므엉이라는 종족들의
설운 이름도
흐르는 물 때로는 멈추듯

그렇게 만들어진 것일까

오늘도 그대들을 불사르기 위해
미군이 산기슭에 흐드러지게 들이부은
수만 드럼의 휘발유나 벙커시유
그 메스꺼움 아래 퍼대고 앉아
말라붙은 젖꼭지를 깡마른 새끼들의
입에 물린 채 남모르게 신음하는
착한 어미들 있음을 나도 안다

길게 늘어뜨려 연약한 머리칼
한(恨)으로 한으로 살아 있어 더욱 설운 이름
바람에 흩날리는 이름 모이(蠻夷)
바꾸어 손가락질로 야만인이라 하지만
알 수 없는 곳에서의 낯선 총질에
시도 때도 없이 나자빠지기도 했지만
소정글의 이쪽저쪽에다
건초 더미 아름드리 쌓아놓고 돌을 두드리거나
마른 나무토막을 빛나게 비벼대는

그대 몽타냐여 그대 몽타냐여
전선이 없는 전쟁의 한가운데서도
끝끝내 지워지지 않을 선량한 백성임을

내 동료들도 안다

— 「몽타냐족에게」 전문

교정에 부는 더운 바람 종소리도 없고
엊저녁 베트콩이 진을 쳤다는
운동장의 풀들이 마르고 있다

발이 너른 아이들은 어디 갔을까
깨어진 유리창에 반사되는 햇빛들
맥없이 무너지는 나라의 설움으로
운동장의 풀이 마르고 있다

나 또한 가난한 나라의 선생
두고 온 까만 아이들도 있고
꽁보리밥 도시락에 부끄러워하는
산골 아이들도 있고

희망 없이 끝나가는 전장의 어느 곳
아이들아 소를 쫓느냐 네 아비의
동강난 팔다리를 주무르느냐

교정에 부는 더운 바람 종소리도 없고
엊저녁 베트콩이 진을 쳤다는
아아, 운동장의 풀들이 마르고 있다
　　　　　　　　—「둑민촌의 폐허가 된 시골 국민학교」 전문

　이상으로서 단편적이나마 김태수 시인의 전쟁 서사시를 살펴보
았다. 서사적 연작시로서 전편에 넘치는 웅장한 감흥과 비장한 고
뇌를 느낄 수 있었다. 이 시집은 한 번만 읽어도 충분히 그 진의를
파악할 수 있다. 이것이 이 시집의 장점이자 단점이 되는 것이며

서사시가 갖는 드라마틱한 구성의 묘미, 역사의식을 가미한 확고한 주제의 표출 등이 아쉬운 것은 지나친 욕심일는지 모른다.

그동안 6·25를 소재로 한 소설은 많으나 시에서는 아직도 스케일이 큰 서사시 한 편 나오지 못한 것이 우리들의 실정이다. 어쩌면 남의 일이 아닌 월남전의 교훈을 다시 한 번 되새겨보는 좋은 기회라 확신하면서, 우리 문단에서는 특이하게 보이는 이 시집의 출간을 진심으로 축하한다.

金喜洙 | 시인

제국주의 비판과 제3세계적 연대의 리얼리티

하상일

1. 65년 체제와 신제국주의

1960년대는 4월혁명의 정신으로부터 시작되었음에 틀림없지만, 한편으로는 4월혁명의 실패와 좌절에서 비롯된 정치적 파행, 즉 5 · 16군사쿠데타가 불러온 신식민지 현실이 수많은 왜곡과 모순을 초래한 혼란과 혼돈의 시대였다. 특히 1965년은 미국에 의해 치밀하게 계획된 한일협정의 굴욕이 있었고, 그 결과 식민지를 겪은 제국주의의 피해자였던 우리나라가 한순간에 가해자의 위치에 서는 베트남 파병이라는 자기모순을 합리화한 해이기도 했다. 이처럼 한일협정, 베트남 파병 등은 5 · 16 이후의 정치적 상황과 밀접하게 연관된 문제였음을 결코 간과해서는 안 된다. 그리고 이에 맞서는 1960년대 이후 한국문학의 양상은 미국에 의해 획책된 아시아적 문제의식 안에서 논의하지 않으면 그 본질을 제대로 이해할 수 없다는 사실도 반드시 유념해야 한다. 결국 1960년대 이후 한국문학에 대한 논의는 '65년 체제'를 주목함으로써 4월혁명의 시대정신이라는 동어반복을 넘어서 당시의 문학이 지닌 중요한 쟁점들을 문제적으로 읽어내는 새로운 시각이 필요하다.

5 · 16 이후 박정희 정권은 이반된 민심을 수습하기 위해서 반공주의를 민족주의, 성장주의와 결합시키는 경제적 근대화 정책을 추진하는 데 집중했다. 이러한 경제정책을 성공적으로 이루어내기 위해서는 막대한 자본이 필요했는데, 미국과의 우호적 관계 속에서 그들의 정책을 적극적으로 지지함으로써 이와 같은 자본의 문제를 해결하려는 전략을 지니고 있었다. 따라서 박정희 정권은 아시아에서 베트남의 공산화를 막으려는 미국의 전략적 이해에 적극적으로 동참하는 결정을 내렸고, 그 대가로 식민지에 대한 한일 청구권 문제를 일본의 경제 원조 방식으로 해결하는 데 합의하는 굴욕적인 외교를 승인했던 것이다. 또한 이러한 합의를 명문화한 한일기본조약의 이면에는 베트남전쟁에 전투병을 파병하는 데 동의하는 충격적인 사실도 은폐하고 있었다는 사실을 절대 간과해서는 안 된다.

이처럼 표면적으로 보면 1965년 한일협정은 식민지 청산을 둘러싼 한국과 일본 간의 직접적 이해관계에 따른 것처럼 보이지만, 한일 간의 협상의 실질적 배후에는 아시아에서의 패권을 장악하고자 했던 미국의 신제국주의 전략이 강력하게 작동하고 있었다. 당시 미국은 자본주의와 공산주의의 양극화가 심화되고 있는 아시아의 현실을 극도로 경계했기 때문에, 이러한 냉전 상황이 극에 달했던 베트남전쟁에 참전함으로써 아시아의 공산화를 막아내는 것을 최우선의 과제로 설정하지 않을 수 없었던 것이다. 그리고 이러한 아시아에서의 신제국주의 전략을 효과적으로 이루어내는 데 있어서 한국과 일본의 우호 협력이 절대적으로 필요하다고 판단했다. 그 결과 경제 원조를 필요로 했던 박정희 정권과 식민지에 대한 부채를 청산하기를 원했던 일본의 의중을 교묘하게 이용함으로써 한일협정을 이끌어냈고, 이를 통해 베트남전쟁에서 승리하기 위한 경제적, 군사적 교두보를 마련하고자 했던 것이다. 결국 박정희 정권은 미국의 아시아 패권주의에 적극적으로 동조함으로써 경제개발 5개년 계획을 실현할 수 있는 막대한 자본을 일본으로부터 원조받는 굴욕적 선택을 하고 말았다. 5·16 이후 점점 심화되어가는 국가적 민심의 혼란과 불안을 해소하는 데 경제적 근대화가 최선의 방식이라는 정치적 계산을 하고 있었으므로, 이를 이루어내기 위해서는 수단과 방법을 가릴 이유가 없다고 보았던 것이 당시 박정희 정권의 권력적 판단이었던 것이다.

이처럼 1965년 한일협정과 베트남 파병은 동전의 양면과 같은 것으로, 미국의 신제국주의 전략에 의해 철저하게 계획된 아시아 패권주의의 결과였다. 따라서 4월혁명으로부터 시작된 1960년대 문학의 시대정신은 '1965년 체제'를 특별히 주목해야 하고, 한일협정과 베트남 파병에 은폐된 미국의 신식민지 전략에 대한 비판에 초점을 맞추고 바라볼 필요가 있다. 또한 이러한 신제국주의의 수용은 결국 식민의 역사를 제대로 청산하지 못한 과오에서 비롯되었다는 점을 분명하게 자각하는 데서 1960년대 이후 한국문학의 역사적 방향을 새롭게 이해해야 할 것이다.

이러한 문제의식에서 1965년 이후 한국문학은 미국과 소련 중심의 냉전체제에 맞서는 제3세계의 연대와 실천에 주목했는데, 1970년대 초반까지 이어졌던 베트남 파병에 대한 비판적 문제제기는 그 중심에서 살펴봐야 할 가장 중요한 쟁점이 아닐 수 없다. 하지만 이와 같은 문제제기는 1960~70년대 박정희 정권 아래에서는 절대 말할 수도 말해서도 안 되는 침묵과 금기의 대상이 될 수밖에 없었다. 그래서 대부분의 시인들은 진실을 토로하고 싶었지만 결코 말할 수 없었던 시대의 고뇌와 상처를 온전히 짊어지고 살아가야만 했다. 아마도 80년 광주의 봄을 거치지 않았다면, 여전히 침묵은 계속되었을지도 모르는 일이다. 광주의 봄을 지나고 나서야 한국문학은 오랜 침묵을 떨쳐내고 당당하게 역사적 진실을 외치는 용기를 비로소 실현할 수 있었다고 해도 과언이 아니다.

김태수 시인의 경우에도 70년대 초반에 겪었던 자신의 베트남 참전 경험을 연작시로 쓰기 시작한 것이 1984년이었고, 그리고 이를 묶어 시집 『베트남, 내가 두고 온 나라』를 발간한 것이 1987년이었으니, 지난 역사의 상처와 모순을 정직하게 기억하고 증언하고자 했던 시인의 목소리가 숨죽이며 견뎌야 했던 침묵의 시간이 얼마나 고통스러웠을까. 아마도 그가 베트남 연작시를 쓰기 이전에 "날 보고 자꾸 벙어리가 되라고 한다"라고 했던 농아들의 침묵을 주목했던 것도, 말할 수 없는 시대를 살아온 시인의 고통을 상징적으로 이끌어내고자 했던 때문은 아니었을까. 지금 다시 그 시대를 호명하는 시인의 목소리에서 그때의 못 다했던 말들이 한 맺힌 절규처럼 들려오는 이유도 바로 여기에 있다.

---

1 김태수, 「농아일기 1」, 『농아일기』, 시로, 1984, 37쪽.

2. 제국주의 비판으로서의 베트남전쟁의 시적 형상화

김태수 시인은 『베트남, 내가 두고 온 나라』의 자서(自序)에서 "내 스무 살의 시작은 '자유의 십자군'이라는 허울 좋은 이름으로 출정한 베트남전쟁, 너무나도 참혹하고 황폐했던 기억에서 출발되었다."라고 말했다. 그리고 "이 전쟁은 오래도록 내 양심에 커다란 상처 자국을 남긴 몹쓸 기억이 되고 말았다."라는 속죄와 통한의 심정을 토로했다. 그가 진정으로 괴로워했던 '양심'의 문제는 "황색의 피부를 가진 동양의 젊은이들이 같은 피부를 가진 민족의 통일을 저지하기 위하여 그들의 가슴에 수많은 총알들과 살상용 무기들"을 퍼부은 전쟁에 대한 기억을 평생 짊어지고 살아왔다는 데 있다. 그는 "이곳 병장 월급이/그곳 선생 월급보다는 낫다"는 생각을 할 수밖에 없는 지독한 가난의 굴레를 벗어나기 위해, 스스로 "아주 재미있는 월남 생활"(「편지」)이라는 거짓을 합리화하는 위악(僞惡)의 시대를 용인하고 말았다. 그리고 이러한 자본의 위력 앞에서 식민의 기억마저 잊어버린 채 또 다른 식민의 폭력에 동조해버린 지난 시절의 생생한 기억은, 그에게 평생 씻을 수 없는 '양심'의 상처로 남아 뼈 속 깊이 사무치는 고통을 안겨주었던 것이다.

이러한 자기모순과 상처의 기억을 씻어내기 위해 시인은 베트남전쟁의 피비린내 나는 현장을 정직하게 응시하는 일관된 태도를 가지고자 했다. "은유와 직유로 망가진 세상"이 아닌, "빌어먹을 비유가 뭐냐/나는 그런 것 안 쓴다"(「편지」)라는 단호한 태도로 베트남전쟁의 참상을 사실적으로 증언하는 리얼리티에 그의 시적 지향을 모조리 쏟았던 것이다. 그의 베트남 연작이 무엇보다도 미국이라는 거대한 제국주의의 횡포에 희생당하고 이용당한, 그래서 식민과 억압의 기억을 함께 안고 있는 제3세계의 동질성에 스스로 균열을 가한 제국주의에 대한 준엄한 비판의 목소리를 강하게 부각시켰던 것은 바로 이러한 시적 지향을 올곧게 드러내기 위한 것이었음에 틀림없다.

> 전우여 우리들이 지나가고 있는 곳은
> 동지나 바다라고 했지
> 사실일까 내 생각으로는
> 안타깝게도 스무 살을 마감하는
> 황천 입구 그 어디가 아닐까
> (중략)
> 시월의 하루를 바람 불던 부산항
> 표정 없이 손 흔들던 여고생들
> 소리 내어 울부짖던 어머니, 어머니
> 먼 데서 눈물 훔치던 연인들
> 악을 쓰며 부르던 아느냐 그 이름 백마고지 용사들
> 소리 소리들은 아직도
> 시월 바람으로 휘돌고 있을까
> 거대한 병력 수송함 바렛호
> 18노트 꽁무니의 물거품으로 흩어지고 말았을까
>
> 전우여 도대체
> 우리들은 어디로 가는 것일까
>
> —「바렛호 선상에서」 부분

한국의 젊은 청년들을 베트남 전장으로 데려가는 미국의 수송선 바렛트호 선상에서의 기억을 형상화한 작품에서, 저마다 사연을 안고 베트남전쟁에 참전한 이제 갓 스무 살을 넘긴 청년들의 마음은 출발부터 "황천 입구"를 떠올려야만 하는 두려움과 불안으로 가득 차 있었을 것이다. 하지만 그들은 도대체 누구를 위해 전쟁에 참전해야 하는지를 당당하게 묻지도 못한 채, 언제 닥칠지도 모르는 죽음과 마주할지도 모르는 운명을 스스로 선택해야만 했다. 또한 가족과 연인을 떠나보내는 남은 자들의 한숨과 눈물에도, 자신들의 가난으로 인해 그들을 사지(死地)로 내몰 수밖에 없는 가난한 시대에 대한 원망과 한스러움이 가득 차 있었다. 그러나 정작 그들 모두는 이러한 일들이 미국이 주도한 아시아 패권주의에 동조하는 박정희 정권의 권력적 야심에서 비롯된 처참한 희생이 될 줄은 꿈에도 몰랐을 것이다. 앞으로 닥칠 자신들의 죽음을 무릅쓰고라도 지키고자 했던 가족의 안위와 조국의 운명, 그것이 "도대체/우리들은 어디로 가는 것일까"와 같은 두려움 속에서도 그들을 지켜낸 애국심이고 자부심이었음을 안다면, 어느 누구도 그들에게 제국주의의 대리자라는 오명을 함부로 덧씌울 수는 없을 것이다. 다만 당시 그들 모두가 "남지나해(南支那海)를 거슬러/우리들이 향하는//십자군, 허울 좋은 이름의 출병(出兵)과/불안한 스무 살 젊음"(「오음리, 그 아침안개」)임을 깨닫기에는 너무도 어린 조국의 순수한 청년이었다는 사실이 더욱 아프게 다가오지 않을 수 없을 따름이다.

　　실종되었던 두 명의 아군은

갈기갈기 찢겨진 채 수색조에 의해 발견되었다
덮은 바나나 너른 잎사귀에
더덕더덕 묻어 있는 조국의 피도 굳었고
적의 기습에 부서진 경장갑차 부근
언덕배기 바나나 밭 아래 황토에 누워 있었다

적에게 끌려가면
날선 칼로 껍질을 벗겨낸다는 소문이
사실이었을까 고개를 젓다가
6·25 민족전쟁의 어두운 구덩이 속에서
나의 살붙이들은
또 다른 나의 살붙이를
새끼줄로 목을 조이거나 죽창으로 찌르거나
제 손으로 구덩이를 파게 하곤
산 채로 묻었다던가

정말 적에게 끌려가는 것보다 나았을까
침울한 이 한나절은
사상이 무어냐 이념이 무어냐
개떡 같은 독백으로 보냈고 또 한나절은
피엑스와 아리랑 하우스를 돌며
가슴이 터지도록 술을 마셨다
탁자를 두드리며
조국 코리아의 슬픈 유행가를 불렀다
　　　　　　　　　　　　　　　—「죽은 자들과 산 자들」 부분

　인용시에서 "적"의 실체는 진정 누구인가를 묻는다는 자체가 말
이 되지 않는 일일지도 모른다. "아군"과 "적군"으로 갈라서 서로를

죽여야만 했던 이 전쟁에서 진짜 '적'은 전장에서 서로에게 총칼을 겨누었던 아군들도 베트콩들도 아니었다는 사실을 그들은 진정 모르지는 않았을 것이다. 이 모든 진실을 의식적으로 외면한 채 '산 자'로서의 화자가 '죽은 자들'의 침묵과 슬픔의 이유를 묻는 고통의 시간을 겪지 않은 병사들이 과연 얼마나 있었을까. 한국전쟁이라는 동족상잔의 기억을 안고 살아온 화자에게 있어서 "사상"과 "이념"이 도대체 무엇이냐고 항변하는 것은 그래서 더더욱 당연한 울분이 아닐 수 없다. 지금도 남과 북이 분단을 넘어선 통일을 이루기를 간절히 염원하고 있는 우리의 소망처럼, 시인이 참전했던 이 전쟁 역시 베트남 민족의 통일을 위한 필수불가결한 전쟁이었음을 깨닫는 데는 그리 오랜 시간이 걸리지 않았을 것이다. 그런데 왜 자신은 미국의 편에서 베트남 민족을 살상하는 데 앞장서고, 동료들의 죽음을 눈앞에서 목도하는 참극을 견뎌야만 하는지, 인간을 처참하게 살육하는 짓을 아무렇지 않게 자행하면서 거두는 전쟁의 승리는 과연 누구를 위한 것인지를 냉정하게 묻지 않을 수 없었던 것이다. 이 모든 일이 "조국 코리아의 슬픈" 운명 때문임을 누구보다도 잘 아는 시인으로서는 "유행가"에 기대어 절망과 상처를 견디는 것 외에는 다른 방법을 찾지 못했다는 사실이 너무도 안타까울 따름이다.

하지만 지금 시인은 당시의 나약한 자신을 뛰어넘어 이러한 비극적 고통을 진정으로 극복하는 방법으로 역사적 진실과 정직하게 마주하는 선택을 하고 있어 문제적이다. 아시아의 약소국가로 수많은 외침을 견디며 살아온 우리 역사에 대한 고통과 상처의 기억들, 특히 "우리 역사도/대동아전쟁, 틈바구니에 끼여 슬펐던 기억이/있다 정신대 일본 놈들의 가슴에 짓눌려/남양군도, 뜨거운 천막 속에서 질펀대며" 살았던 치욕의 역사를 정직하게 응시하는 데서 양심의 상처를 치유하는 길을 진정으로 찾고자 하는 것이다. 그래서 그는 "포로로 잡혀온/여자전사"의 "도대체 당신들의 정체는 무엇인가요/자유의 십자군? 웃기지 마셔요"(「포로가 되어 끌려온 어느 여자전사」)라는 말에 더욱 절망하지 않을 수 없었다. 식민의 기억 속에 깊숙이 뿌리 내린 상처의 기억들을 씻어내기는커녕 오히려 또 다른 식민의 횡포를 자행하는 대리인으로 살았던 자신을 정직하게 바라보게 했던 베트남 여전사의 절규 앞에서, 그 어떤 말도 할 수 없었던 자신을 속죄하고 성찰하는 진정한 시적 방향을 다시 찾고자 하는 것이다.

시인은 베트남을 떠나온 지 10여 년이 흐른 즈음, 광주의 봄이 역사의 모순과 상처에 당당히 맞서는 것을 보고 난 후, "내게 베트남에 관한 시를 쓰게 한 것은 우리와 너무 닮은 그들 역사"(「자서」) 때문이었다는 뒤늦은 고백을 할 수 있었다. 거대한 제국주의 미국에 의해 철저하게 계획되고 조종된 베트남전쟁은 처음부터 '적'을 잘못 규정한, 그래서 진짜 '적'인 미국을 위해 피식민의 기억을 공유하고 있는 아시아 공동체를 '적'으로 삼아 싸운 자기모순이었음을 더 이상 부정하거나 외면하고 있을 수만은 없었던 것이다. 수십 년의 세월이 흘러 "한때 동갑내기 적군이었던" 베트남 작가 반레 레지투어와 평화롭게 만나 두 손을 맞잡고 진정한 화해를 했던 모습이 그 자체로 감동적일 수밖에 없는 이유도 바로 여기에 있다. 그리고 베트남의 시인 앞에서 "통일 베트남의 시인 레지투어여/용병국가 코리아는 아직도 분단 중"(「베트남 작가 반레 레지투어에게)[2]이라고 정직하게 말함으로써, 베트남 통일 전쟁에 제국주의의 일원으로 참여했던 자신에 대한 부끄러움을 진정으로 사죄하는 모습에서 비로소 그의 베트남 연작시는 새로운 길을 찾았다고 해야 할 것이다. 베트남 시인 휴틴의 말처럼, "가슴팍을 겨누었던 총구들, 서로가 동양인임을/잠시 잊었을 뿐이었다"(휴틴의 시 「겨울 편지」를 읽다)[3]라고 서로를 향해 진정으로 말하는 순간, 따이한과 베트콩의 젊은이들이 초로의 늙은이가 되어 다시 만나 비로소 진정한 화해와 용서의 길을 새롭게 열어가려 했던 것이다.

3. 속죄와 성찰의 목소리, 제3세계적 연대로서의 리얼리티

김태수의 베트남 시편은 "타민족의 해방전쟁에 제국주의의 용병으로 참전한 병사가 느낄 수 있었던 적개심과, 같은 제3세계 민중으로서의, 또한 같은 동양인으로서의, 그리고 역사적 상황이 비슷했던 후진 식민지인으로서의 동질감, 즉 피해자이며 가해자인 한반도 파월 장병의 정서를 거짓 없이 형상화"[4]했다. 이러한 그의 시적 지향은 피해자로서의 기억을 앞세우기보다는 가해자로서의 속죄와 성찰의 목소리를 전면화하는 데서부터 진정성을 확보하고자 했다는 데 중요한 의미가 있다. 특히 제국주의의 폭력이 무참

---

2 『푸른사상』 2019년 봄호

3 『푸른사상』 2019년 봄호

4 김형수, 「남들이 버린 삶을 그는 함께 했다」, 『기억의 노래, 경험의 시』, 작가시대, 2011, 178~179쪽.

히 가해지는 전쟁의 현장에서 남성에 의해 대상화되는 베트남 여성의 성적 고통을 비판적으로 성찰하는 그의 시선은, 앞서 그의 시에서도 언급되었던 식민지 시기 중부태평양 남양군도에서 철저하게 유린당한 우리의 누이들과 온전히 겹쳐지면서 더욱 뼈아픈 상처로 각인되지 않을 수 없다. 식민지 시기 위안부 여성들의 처참한 실상을 누구보다도 잘 알면서도 제국주의의 탈을 쓴 남성적 폭력과 언어적 유희를 아무렇지 않게 자행했던 '따이한'들로 인한 죄스러움으로, 지금까지도 그는 전장에서 만났던 베트남 여성들의 '광기 어린 눈빛'을 잊지 못하고 있는 것이다.

> 하굣길이었을까
> 비에 젖은 아오자이 사이로
> 빨간 속옷이 비치는 여중학생들
> 스쳐 지나가자
> "헤이 붐붐 라이라이"
> 자전거는 멈추고
> 전우여 비에 헝클어진 그녀 머리칼 사이로
> 번뜩이는 광기를 보았는가
>
> 무서웠다 오한이 머리를 파고드는
> 매복 지점, 비는 내리고
> 물속에서 거머쥔 소총이 떨렸다
>
> 비 그치자 밤하늘의 무수한 별빛들 틈새로
> 더욱 크게 다가서던

아아, 그 여학생의 눈빛

　　　　　　　—「젖은 눈빛의 여학생」 부분

　아무리 피 끓는 젊은 청춘들의 욕망이었다 하더라도 최소한 윤리조차 실종되고 마는 것이 전쟁의 현실이라면 그 어떤 전쟁도 합리화될 수 없음은 당연하다. 자전거를 타고 하교하는 어린 여학생조차 성적 대상으로 조롱하는 병사들의 시선에서, 일제 말 식민의 세월에 희생당한 우리 누이의 역사는 전혀 기억되지 못할 만큼 세속화되어 있었다는 사실 앞에서 화자는 절망한다. 백마부대가 있었던 바닷가 인근 동하이 휴양소 부근 마을에서 "서툰 베트남어 몇 마디로 흥정이 이루어지는/아낙들"(「동하이 휴양소 부근 마을 풍경」)을 상대로도 그러했고, "동굴 속/돌 자갈 위에 쓰러"뜨려 "줄줄이 능욕"(「포로가 되어 끌려온 어느 여자전사」)했던 베트남 여전사에게서도 제국주의의 횡포보다 더한 남성적 폭력성을 숨기지 못했던 것은, 극한의 전쟁 상황이었다는 사실로도 결코 용서할 수 없는 반윤리적 행위였음에 틀림없다. 이 때문에 시인은 『베트남, 내가 두고 온 나라』에 수록된 시들에서 베트남 여성들의 광기 어린 눈빛에 서린 한과 눈물에 특별히 주목하지 않을 수 없었다. "우리들에게 무슨 한이 있었기에/알 수 없는 월남 여인네의 원망스런 눈빛은//부대로 돌아오는 트럭 속에서도/돌아와 누운 침대 위에서도/땀 절은 군복 상의 가슴 쪽에 오래 묻어 있"(「사원에서 만난 월남 여인」)는지를 자신을 향해 계속해서 물어야 했던 것도, 남성적 폭력에 의해 유린당한 그들의 한과 눈물을 씻어내는 진정한 속죄를 하지 않고서 베트남을 말한다는 것은 처음부터 불가능한 일임을 누구보다도 잘 알고 있었기 때문이다.

　이러한 속죄와 성찰의 목소리가 지향하는 그의 시적 방향은 베트남도 우리도 아시아 약소국가의 상처와 고통을 공통으로 지닌 민족이었고, 이와 같은 상처와 고통의 세월은 유럽과 미국이라는 서구 제국주의에 의한 식민화에 가장 큰 원인이 있었다는 동질적인 역사 인식을 하는 데서부터 출발한다. 즉 자본과 이데올로기를 앞세운 강대국의 횡포에 짓눌려온 제3세계 민중들의 공동체적 연대를 통해 지난 역사의 과오와 모순에 강력하게 저항하는 비판과 성찰의 시선을 견지하고자 하는 것이다. 앞서 언급한 것처럼, 베트남 작가 반레 레지투어와 시인의 만남은 이러한 그의 시적 지향이 비로소 현실화되는 극적 순간이었다는 점에서, 베트남을 소재로 한 여러 시편 가운데 가장 문제적인 작품이라고 평가할 만하다.

　　'그대 계속해서 가라, 그러면 어디에 도달하더라도 도달
　한다'
　　세종문화예술회관에서
　　한때 동갑내기 적군이었던 레지투어 당신 손잡으며
　　스무 살의 베트남 닌호아읍(邑), 포로로 잡혀온
　　깡마른 체구의 당신 동료들을 보면서
　　한 주먹거리밖에 안 되는 것들 주먹 치켜세우며
　　엿 먹이던 일을 제일 먼저 생각하다니

　　전쟁은 뒷전, 한 통의 씨레이션과
　　비 오는 날 초소 앞을 자전거로 지나가는 여중학생들
　　젖은 속옷에 비치는 하얀 살갗들

캄란만(灣) 수진마을에서
당신 나라 여인네들 일 달러 지폐로 거래하는 사이 그대는

호치민 루트를 맨발로 걷고 있었다
쌀을 빻는 듯한 폭발음 뇌까지 쑤셔오거나 들이부은
고엽제 위로 벙커시유, 검은 비 쏟아지고, 그리고
'지구 혼돈의 시절도 이렇지 않았으리라. 마을은 풀벌레조
차 멎은, 완전히 영혼을
잃어버린 폐허의 세계'
황천 저쪽 풍경에
그때 동갑내기 적군이었을 그대 넋 놓고 있을 줄
—「베트남 작가 반레 레지투어에게」부분

베트남전쟁을 서사화하는 데 온 삶을 바쳐온 작가 반레가 서울
에 왔을 때 그와의 만남을 형상화한 이 작품은, "한때 동갑내기 적
군"을 친구로 맞이하는 시인의 회한과 속죄의 정서를 가감 없이
표출하고 있다. 제국주의의 용병을 자임하며 베트남 민족전쟁을
몸과 언어로 유린했던 지난 시절에 대한 진정한 용서와 화해를 구
하고자 했던 시인의 진정성을 온전히 전하는 모습을 보여주고 있
는 것이다. 여전히 지금 우리는 미국을 비롯한 강대국들의 논리에
의해 국가와 민족의 이해가 엇갈리고 있으며, 남북 문제와 같은
분단 현실에 대해서도 주체적으로 대응하지 못하는 신식민지의
상황을 벗어나지 못하고 있다는 부끄러운 사실을 "통일 베트남의
시인 레지투어"(「베트남 작가 반레 레지투어에게」)에게 솔직히 말하고 있
는 데서 이러한 그의 진정성은 더욱 분명하게 드러난다. 다시 말
해 식민지 자본의 거짓 풍요로움을 자랑하는 자기모순에서 아직

도 벗어나지 못하고 있는 우리의 신식민지적 현실에 대한 부끄러움을 솔직하게 인정함으로써, 제국주의의 편에서 그들에게 총을 겨누었던 지난 시절의 과오에 대한 진정한 용서를 구하고자 했던 것이다. 그리고 이러한 그들의 화해는 제국과 식민의 기억을 공유하는 공동체적 동질성으로 제국주의의 역사에 저항하는 영원한 우군이 될 것을 다짐하는 미래지향적 약속으로 볼 수도 있을 것이다.

어쩌면 그들의 입장에서 볼 때 베트남전쟁에서 우리들이 가한 폭력과 살상은 미국이라는 제국주의적 폭력보다도 더더욱 용서할 수 없는 것이었을지도 모른다. 그들은 한 시인의 입을 빌어 우리를 "모두 용서했다"라고 말했지만, 그렇다고 해서 우리들은 "얄팍한 입술을 거친 한 줄기 가벼운 언어로/화해를 구하"는 것이야말로 그들에게 "너무 염치없는 일임"을 더욱 분명하게 자각할 수 있어야 할 것이다. "우리들은 적이 아니었다 그래서 부끄럽다"(휴틴의 시 「겨울 편지」를 읽다)라고 말하는 베트남 시인의 말이 우리들의 양심을 더욱 부끄럽게 만든다는 사실을 진정으로 깨달아야 하는 것이다.

시인은 지금, 다시 "그 수풀의 나무들은 지금쯤 싹을 틔울까"(「지금 그 숲은」)를 생각하고, "여태 돌아오지 못하는 동무들"이 "그 숲에 머물러"(「연두색 나뭇잎에 대한 단상」)[5] 있음을 떠올리면서, 베트남과 우리가 진정으로 화해에 이르는 새로운 길을 찾고자 한다. 시인이 처음으로 베트남의 기억을 증언하는 시를 쓴 것이 남해안 어느 작

---

5 『푸른사상』 2019년 봄호

은 섬의 초등학교 사택에서 아이들을 가르쳤을 때였다는 사실과, "한때 베트남 초등학교 선생이었던 또이"(「또이, 그녀의 일번 도로」)를 호명하는 시선이 겹쳐지는 것이 그래서 더욱 예사롭지 않게 다가온다. 그에게 있어서 "또이"는 지금, 다시, 베트남의 기억을 올바르게 증언하고자 하는 시인 자신이 베트남에 두고 온 시적 상징이 아닐까. 그래서인지 "너는 어디 갔느냐"(「또이, 그녀의 일번 도로」)라고 그녀를 찾는 화자의 목소리가 "닌딘 마을 늪지대"에 "저녁 내내"(「내가 처음 만난 베트콩」) 내렸던 빗소리처럼 들려오는 듯하다. 그 빗소리가 평화롭게 들리는 어딘가에서 시인과 "또이"가 만나 진정으로 화해는 모습이 보고 싶다. 아마도 이러한 상상의 현실화가 이루어진다면 시인의 베트남 시편도 비로소 마침표를 찍을 수 있지 않을까 생각된다.

河相一 | 문학평론가, 동의대 교수

푸른사상 시선 98

베트남, 내가 두고 온 나라